徳間文庫

もうこれ以上、
君が消えてしまわないために

鹿ノ倉いるか

徳間書店

プロローグ

私はもうすぐ消えてしまうだろう。

そんなことも知らず彼は楽しそうに笑っている。

思えば彼は、もうこれ以上私が消えてしまわないためにとあれこれと努力をしてくれた。まるで的外れだったり、余計なお世話だったり、空回りすることも多かったけれど、それでも私は嬉《うれ》しかった。

彼がしてくれたことを一つひとつ思い返し、胸がキュッと締め付けられる。

彼は不器用で、鈍感で、言葉足らずで、臆病で、嘘つきだ。でもその全てが彼の優しさに繋《つな》がっている。

一度死んだ私がこうして成仏できずに幽霊となってこの世を彷徨《さまよ》い、そして彼に愛されている。人生のロスタイムと呼ぶにはあまりにも幸せ過ぎる時間だった。

でももう、それも終わろうとしている。悲しくないと言えば嘘になるが、仕方のないことだと諦《あきら》めている。本来なら私の人生はもうとっくに終わっていたのだから。

彼のことは心配だけれど、でもきっと大丈夫だと信じている。

私と一緒に小説を書いてくれた時間は、きっと無駄じゃない。彼を強くしてくれたはずだ。

そして私の遺《のこ》した最後のメッセージも、きっと見つけてくれるだろう。

1

「どうですか？　いい部屋でしょ？」

やけに愛想がいい不動産屋の営業マンが問いかけてくる。玄関を入ったばかりでそんなことを訊《き》かれても答えようがなく、「はぁ」と曖昧《あいまい》に返した。

僕が引っ越しをするのは彼女が出来たからとか、仲のいい友人とルームシェアをするためなどといった華やかな理由ではない。

大学の寮は二年生までしか住めず、三年生の春には強制的に退去させられるからだ。

普通の人なら寮で二年も暮らしていれば先輩や同級生の友人も出来て、安いアパートやらお洒落《しゃれ》なワンルームマンションなどの情報を聞いて引っ越し先を決めるのだろう。しかし寮はおろか大学にさえ友だちがいない僕は自力で探すしかなかった。

特になんのこだわりもない僕は単に安くてバイト先が近いところを選んで、不動産屋の中年男性の営業マンと下見にやって来ていた。

「こちらの物件は人気ですよ。空《あ》いていたのがラッキーです」

営業マンは特にセールスポイントのない物件を勧めるときの常套句《じょうとうく》のようなことを言ってニコニコしていた。駅から遠く、近くにはコンビニくらいしかない。築年数もそこそこ経《た》ってるし、内装も外観も小汚なくない程度に古びている。お世辞にも人気のある物件だとは思えなかった。

「なぜそんな人気物件がこの引っ越しシーズン終盤に空いていたんですか？」

窓を開けて外の景色を眺めながら意地の悪い質問をする。

大して興味もなかったが、この営業マンがなんと答えるのか聞いてみたかったからだ。

「実は入居者の方が決まっていたのですが、急遽《きゅうきょ》キャンセルされてしまったんです」

「へぇ。だから安いんですね」

「そうなんです。大家さんがこの時期に空き部屋にしたくないってことで特別にお安くなっております」

「へえ……」

浴室を覗《のぞ》くと案の定狭いし、設備も古そうだ。しかし幸い不衛生感はない。家賃から考えても悪くない物件だろう。住む場所にこだわりもないのに二軒、三軒と回るのも面倒だった。

「いいですね。ここに――」

「やめておいた方がいいですよ」

「え？」

いきなり女性の声が聞こえて振り返る。

「なにか言いましたか？」

僕が訊《たず》ねると営業マンは一瞬ぴくっと瞼《まぶた》を震わせてから柔和な表情に戻った。

「いえ。特になにも」

「いま女性の声が聞こえたような気がして」

「女性の声ですか？　私は聞こえませんでしたけど？　気のせいじゃないですか？」

先ほどの声は確実に若い女性だった。この営業マンの声と聞き間違えるはずがない。

壁が薄くて隣の部屋の音が聞こえるのだろうか？

いや、それにしてはあまりにも鮮明だった。まるで脳内に直接話し掛けられているかのような、やけに響く声だった。

室内を見回したが、もちろん僕たち二人の他には誰もいない。やはり気のせいだったのだろう。

「どうですか、この物件。Ｗｉ－Ｆｉ環境も完備されていて便利ですよ」

「じゃあここに決めます」

元々どこでもよかったので即決すると、営業マンはホッとした顔で大きく頷《うなず》いた。

「そうですか。ありがとうございます。では早速店に戻って手続きをしましょう」

急《せ》かされるようにアパートを出て、車に向かう。立ち去る前にもう一度振り返ってアパートを見上げた。

これから二年ほど住むであろうそこは、やはり驚くほど無個性なものであった。なにか素敵なことが起こりそうなほど華やかではなく、幽霊が棲《す》みついていそうなほど陰鬱でもない。ごく普通の、どこにでもありそうなアパートだ。

――しかしその予感は間違いであったと後に気付くこととなる。


荷物も少ないので引っ越しはレンタカーを借りて一人で行った。教科書の他に漫画しかない本棚と素っ気ないパイプベッド、テレビ、課題提出用に使うノートパソコンにプリンター、あとはテーブル、洋服ケースくらいだ。

とはいえ、いくら荷物が少ないといっても一人で引っ越しをするのはなかなか大変だった。運び入れるだけでも何往復もしなければならないし、更にはそれを設置しなければならない。食器類などすぐに使わなさそうなものは段ボールに入れたままにした。

「あー疲れた」

ベッドを背もたれにして床に座る。引っ越しをしたからといって近所を散策したり、部屋の模様替えのために買い物に行ったりはしない。ここは僕が知らない街のままでいいし、部屋も生活感を感じさせない方が落ち着く。物事に関心を抱かず醒《さ》めている方が、うまくいかなかったときに無駄に傷つかないものだ。

一人部屋の中でスマホを弄《いじ》っていたら、いつの間にかすっかり日も暮れて夜になっていた。仕方なく食料を買いに出掛ける。家から歩いてしばらく行ったところに聞いたことのない名前のスーパーを見つけ、缶チューハイ数本と値引きシールが二重に貼られた弁当を購入して家へと帰った。

冷めた弁当を温めもせず、アルコールで流し込みながら胃袋に納める。食べ終わった後も特にすることがなかったので缶チューハイを飲み続けていた。

そのとき――

「聞こえますか？」

いきなり頭の中で女性の声が響いた。この部屋を下見に来たときに聞いたのと同じ声だ。

「え⁉」

慌てて室内を見回すが僕以外には誰もいない。隣の部屋から聞こえているわけでもなさそうだ。

「これから伝えることをパソコンで打ち込んでください」

「やばっ。飲みすぎたかも？」

テーブルに並べたアルコール度数高めのチューハイの空き缶を数える。

「酩酊《めいてい》による幻聴ではありません。でもまあ、お酒はもう少し控えた方がいいと思います」

「は？　えっ、なに？　僕に話し掛けてる!?」

「驚いてないでこれから伝えることをパソコンで打ち込んでください」

孤独な生活をしすぎて、遂《つい》に幻聴と会話できるようになってしまったのだろうか。

「さあ、早くしてください」

「は、はい。わかりました」

あまりに切羽《せっぱ》詰まった声だったので、僕は慌ててパソコンを立ち上げてワードを開く。その途端、女性は堰《せき》を切ったようになにかの物語を語り始めた。

「ちょ、待って。そんなに速く打てないから」

元々タイピングは得意ではない上、酔いのせいで余計指が思うように動かない。

「書きとれなかったらちゃんと繰り返しますから焦《あせ》らずお願いします」

「そ、そう？　ありがとう」

これが天啓というものなのだろうか？

だとしたら思っていたよりずいぶんカジュアルで、まるで会話のようなスタイルだ。それとも異世界からのSOSのメッセージだろうか？

しかしそれにしては伝えてくる内容が日常的すぎる。文面からして、これはもしかするとラブストーリーなのだろうか？

僕はなにかに取り憑《つ》かれたように聞こえる声をパソコンで打ち込んでいった。指は縺《もつ》れたが、幻聴は途中でつまることがなかった。

「出来たっ……」

〈了〉と打ち込んでプリントアウトをクリックし、大きく伸びをしながら床に仰向《あおむ》けで倒れた。閉めたカーテンの隙間から朝日が漏れている。何時間もほぼ休まずに書いていたから腰や肩が痛かった。

「僕ってもしかして天才か？」

恩返しをする鶴が甲斐甲斐《かいがい》しく機《はた》を織るようなインクジェットプリンターの音を聞きながらにやけた。大学に進学する際に親が買ってくれたプリンターだが、レポートを印刷するとき以外初めて使った気がする。

せっかくだからこの作品を小説のコンテストにでも応募してみようか。なかなか面白い内容だし、うまくいけばグランプリに輝き数百万円もらえるかも。

僕はこれまで小説をほとんど読んだことがない。映画も有名なやつを観る程度だ。もちろん小説なんて書いたことはない。そんな僕がいきなり降ってきたアイデアをもとに一気に小説を書き上げたのだ。これを天才と呼ばずになんというのか。

興奮が冷めやらずぼんやりと天井を眺めていると、虚空《こくう》に女の子が浮かんでくる。それは僕の書き上げた物語のヒロインによく似た、やや目付きが悪いことに目を瞑《つぶ》れば可愛《かわい》い女性だった。年齢は僕と同じ二十歳くらいだろうか。

ぼんやりと見えていたその子は、次第にはっきりと像を結んで浮かび上がってくる。

「やば。ストーリーの次はヒロインが見えてきた。こんなに妄想が強かったっけ?」

「小説を『妄想』って呼ぶのやめて下さい。そういう言い方、不愉快です」

「えっ?」

半透明のその子は意思を持った人間のように話し掛けてきた。衝撃のあまり呼吸が止まる。

先ほどまで聞こえていた声と同じだが、今度は脳に直接語り掛ける声ではなく普通の声だった。

「私の小説を書いてくださってありがとうございます」

「うわっ!?」

半透明の彼女がふんわりと降りてきて僕の前に座った。まるで重さを感じない、羽毛のような着地だった。

「な、なに？　どうなってんの、これ？　君は誰だ!?　いつの間に人の家に入って来た!?」

慌てて上半身を起こし、ザリガニのような動きで逃げてその女と距離を取る。酔いは一瞬で醒めていた。

「脅《おど》かしてすいません。私は草壁《くさかべ》久瑠美《くるみ》と申します。この部屋の元住人です」

「も、元住人って……」

草壁久瑠美と名乗ったその女性はホログラムのように半透明で、向こう側がほんのりと透《す》けて見えている。

この世のものとは思えないその存在を見れば、察しの悪い僕でもこの『元住人』が引っ越しで退居した訳ではないということは分かった。

「ま、まさか……幽霊っ？」

僕があまりに怯《おび》えてしまったからか、それとも幽霊という言葉に傷ついたのか、彼女は少し悲しそうに目を伏せた。

「はい。お察しの通り、私はもう死んでます」

「地縛霊!?　嘘だろっ。この部屋で自殺があったとか聞いてないし！」

僕が聞いていたのはＷｉ－Ｆｉ環境付きまでだ。地縛霊が憑いていることまでは聞かされていない。

「ちょっと、落ち着いてください」

「あ、わかった。君、僕の前に入居した人にも同じことしただろ？　それで気味悪がってすぐに出ていった。そうだろ？」

「はい。前の方はちょっと話し掛けただけで驚いて逃げだしてしまいました」

「そりゃそうだって。ちなみに僕も今から逃げだすから。人が自殺した事故物件っていうだけで気味悪くて住めないのに、地縛霊がいるなんて論外だ」

「私はこの部屋で自殺したわけじゃありません。別のところで交通事故で死んだんです」

「だったら事故現場とか搬送先の病院で化《ば》けて出てよ。この部屋は関係ないんだろ？」

「理由は私だってわかりません。気が付いたらこの部屋にいて、部屋の外へは一歩も出られなくなっていたんです。もしかしたら書きかけの小説のデータがこの部屋に残っていたから、その未練でこの部屋に舞い戻ってきたのかもしれません」

「書きかけの小説って……まさか」

恐る恐る視線をパソコンのディスプレイに移すと彼女は静かに頷いた。

「はい。いまあなたに書いてもらった、その小説です」

「マジか……」

なんだか急にこの小説が禍々しいものに思えてきた。

「どうでしたか、その小説？　面白かったですよね？」

気弱そうな見た目だが、口調は断定的で押しつけがましい。儚《はかな》げな外見とは裏腹に気が強そうだ。

「あれは君が考えた物語を僕の脳内に語り掛けて送ってきたものだったのか……」

なにかに取り憑かれたように書いていたが、実際に幽霊に取り憑かれていたとは出来の悪いジョークのようだ。

「君ではなく草壁です。草壁久瑠美。先ほど名乗ったと思うのですが」

木の実のような可愛らしい名前とは似つかない刺々《とげとげ》しい口調で指摘された。同じ木の実ならクルミよりイガグリの方が似合っている。

「草壁さんが考えたストーリーなのか？」

「そうです。私がどうしても世に送り出したかった次回作です」

「次回作？」

そんな言い方をするということは、少なくとも何作かは世に送り出しているということなのだろう。僕の思考を理解したように、草壁さんは少し自慢げに頷く。

「生前は小説家でした。現役大学生の小説家です」

「へえ……」

「『騙し絵の放課後』って知ってますか？　あの作品が私のデビュー作です」

「騙し絵の……？　ごめん。知らない」

聞き覚えのないフレーズに首を傾《かし》げると、草壁さんはぴくっと眉《まゆ》を動かして不快気な表情に変わる。

「八万部のヒット作ですよ。話題になったじゃないですか」

「そうなんだ」

誰でも知ってる有名作品のように『八万部』を強調してくる。八万なんて日本の人口から考えればほぼ無に等しい数字に思えたが、ご立腹のようなので口には出さなかった。見た目は普通の女の子でも一応は幽霊だ。下手《へた》に刺激してはいけない。

「まあ、あなたは知らないかもしれませんが、そこそこ有名な作品です」

草壁さんは教科書以外には漫画や雑誌しか差していない本棚に視線を向け、見下したように笑った。なんか性格の悪そうな奴だ。

「あなたじゃない。僕は都賀《とが》だ。都賀八馬飛《やまと》」

先ほどの仕返しとばかりに名乗る。

「僕は草壁さんみたいな活字を読まない奴を見下すタイプの人間が大嫌いだ」

「奇遇ですね。私は都賀さんのように、子どもっぽく仕返ししてくる人が大嫌いです」

　互いに嫌悪感剝《む》き出しの目で睨《にら》み合う。

「こんなことなら下見に来たときもっと脅しておけばよかったです。そうすれば都賀さんがここを契約することもなかったでしょうし」

「やっぱりあのとき『やめておいた方がいいですよ』って言ってきたのは君だったのか」

「第一印象で嫌な感じの人だなって気付いていたんですよ。もっといい人に入居してもらうべきでした」

「元住人のくせに偉そうにするな。ここはもう僕の部屋だ」

　重苦しくなった空気を取り成すように、プリンターがピピーッと印刷終了の音を鳴らした。僕は原稿など無視してスマホを取り出し、ネット検索をする。

「なにしてるんですか？」

「お祓《はら》いとか除霊をしてくれる業者を探してるんだけど？」

「ちょっと待って下さい。そんな一方的に。そもそもあんなのみんなインチキですよ」

　僕だってお祓いなんてインチキ商売だと思っていた。つい数分前までは。しかし目の前に霊が現れるのならば、それを祓う除霊師だって信じられる。いやむしろ信じたい。

「このままこの部屋に居座られても迷惑だし。それに草壁さんだって早く成仏したいだろ？」

「勝手に決め付けないで下さい。私はまだ成仏したくないんです。どうしてもこの作品を世に送り出したいという未練があるんです」

「諦めろ。ほとんどの人は悔いを残しながら死ぬ。そんなもんだから」

「あなたにも得はあるんですよ、金銭的に」

急に生臭い話になり、スマホの操作を止めて顔を上げた。

「どういうこと？」

「私の考えた作品を打ち込むだけで印税が手に入るんですよ。悪い話じゃないはずです」

草壁さんは得意気な顔をして、肩甲骨にかかるくらいのやや長い髪を耳にかけながら僕の反応を窺《うかが》っている。

「あのなぁ。作家でもないただの大学生の僕がどうやってその小説を本にするんだよ？　書いただけではお金は儲からないだろ」

「原稿を出版社に送ればいいんです」

「コンテストにでも応募するのか？　その結果が出るまで半年程度、僕は怨霊《おんりょう》とルームシェアしなきゃいけないのかよ。受賞するかも分からないのに割に合わないだろ」

「お、怨霊ではありませんっ！」

彼女は初めて声を荒らげ、すぐに恥じるように俯《うつむ》く。よくわからないが幽霊にとって怨霊と呼ばれるのは侮蔑《ぶべつ》的な意味合いが籠《こ》められているのかもしれない。取り繕《つくろ》ったように澄《す》ました能面女に一矢報いたようで気分がよかった。

「幽霊だろうが怨霊だろうが僕からしたら一緒だ。とにかくそんな不吉なものと長い期間関わり合いたくないんだよ」

はっと思いついたように草壁さんは顔を上げた。

「そうだ。だったら私がデビューした鳳凰《ほうおう》出版の担当編集者さんに送りましょう。あの人ならこの小説が素晴らしいものだって分かってくれるはずです」

「ふぅん。大した自信だね」

鳳凰出版はファッション雑誌などを出しているから名前くらいは知っている。小説も刊行していたのは知らなかったけど。

「お願いします。それで駄目なら諦めますから」

「信じられないな。どうせ鳳凰出版への持ち込みが失敗したら次はコンテストに応募しようとかごねそうだし」

「それはしません。約束します。没にされたら、きっぱり諦めて成仏しますから」

「自分の意思で成仏できるの？」

「いえ……それは無理かもしれません。試しに何度か成仏しようと祈ってみたのですが、そうするとなぜかこの小説が頭の中で大きく膨らんでいくんです。恐らくこの小説に未練を残したままだと成仏できないってことだと思います。でも鳳凰出版に送って没にされたら、きっともう未練も断ち切れるはずです」

「ずいぶんとあやふやだな。そんな話では納得できない」

「お願いです。一度没になったら、そのときは除霊でもお祓いでもなんでもしてもらって結構ですから」

草壁さんは縋《すが》るような目で僕を見詰めてきた。命令されたり指示されたら平気で無視できるが、泣き落としのように頼られるのには弱い。相手のペースに巻き込まれないよう、僕はさっと視線を逸《そ》らした。

「悔いを残しているっていうのは確かに気の毒だとは思うけど……でも僕とはなんの関係もない話だ」

「私はこの作品をどうしても諦めきれないんです。なんとかお願いできませんか？」

必死に食い下がってくる草壁さんを見てなんだかちょっと同情する気持ちが湧《わ》いてきてしまう。他人から傷つけられるのは慣れていても、他人を傷つけるのは心が痛む。

「じゃあこうしよう。僕はこの部屋から引っ越す。次に引っ越してくる人に依頼してよ」

　引っ越しなんて労力も時間も金もかかることをしたくないが、未練がましい幽霊を傷つけないためには仕方ない。これが最大限の譲歩である。

　しかし草壁さんは俯いて眉を下げて涙ぐんでしまう。

「それは無理です」

「なんで？」

「実は生前の記憶がどんどんなくなってきているんです。今書いていただいたこの小説だって細部まで覚えきれてません。早く原稿として完成させなければ完全に忘れてしまいます。時間がないんです」

「細部まで覚えていないって……この小説すでに七万字以上あるけど？　心配しなくても記憶はしっかりしているんじゃない？」

「いえ。それは毎日ずっと繰り返し思い出していたからです。忘れないよう、何度も何度も」

「七万字も!?」

　誰とも話すことなく、未練を抱えたまま、来る日も来る日も七万字も復唱するなんてどんな気持ちなのだろう。

　あまりの執念に驚かされると共に不憫《ふびん》に思えてきてしまった。

「どうかお願いします。私に力を貸してください」

「分かったよ。じゃあ鳳凰出版にこの原稿を送って反応を見るところまでは付き合う。一週間でリアクションがなければこの小説のデータを消し、二度と手伝わない。除霊師にも来てもらう」

「データを消すなんてそんな乱暴なっ！　それに一週間って。せめて一ヶ月くらいは猶予《ゆうよ》をください。あと原稿だってこれから直さなきゃいけないんです。それはあくまで書き殴ったものです。編集者さんに送るならちゃんと推敲《すいこう》して――」

「駄目だ。直さずこのまま送るし、期限は一週間。本当は怨霊と一夜過ごすのだけでもおぞましいんだから。それで諦めてもらう」

交渉の余地など挟ませず決定する。一ヶ月も幽霊に取り憑かれるなんてまっぴらごめんだ。多少美人だがこの子は未練を残して成仏できない怨霊だ。変に甘い顔をしてはいけない。

「分かりました。でも鳳凰出版が乗り気になったら小説を完成させるのを手伝ってください。この作品さえ発表できれば私は必ず成仏できるはずですから」

「ああ、約束するよ。その代わりこっちの約束も守ってもらうからな」

「はい。もちろんです」

そんな取り決めを交わし、原稿はすぐに宅配便で送った。本当はメールで送りたかったが、草壁さんが担当編集者のメールアドレスを暗記していなかったので仕方ない。

――それからわずか二日後。驚いたことに鳳凰出版から連絡が来た。しかも直接会って話がしたいとのことだった。

2

「まさか本当に連絡が来るなんてね」

鳳凰出版の社屋を見上げながら呟《つぶや》く。僕でも知っている名の通った出版社なのに、案外小さくて古くて冴《さ》えないビルだった。

「私の作品にはそれだけの力があるってことです」

隣でぷかぷか浮かぶ草壁さんが自慢げに語りかけてくる。

「調子に乗るな。っていうか勝手に出て来るなって。人に見られたら大変だろ」

部屋から出られないと嘆いていた草壁さんだが、あれこれ試しているうちになにかに憑依《ひょうい》すれば外に連れ出せるということが判明した。今日は鞄《かばん》にぶら下げたストラップタイプの猫の人形に取り憑いている。

そうしてしまえば外にも連れ出せるし、狭い範囲なら憑依体から抜け出して半透明の姿も現せる。もちろん他人に見られたら大騒ぎになるので普段は人形の中に隠れさせていた。ちなみに憑依できるのは生物ではないものに限られていた。怨霊のくせに人に取り憑けないとは情けない存在だ。

「くれぐれも打ち合わせ中に出てこないように。編集者さんがびっくりするから。僕が困ったときだけ助けてくれたらいいから」

「分かってます。都賀さんが返答に詰まったときだけ助言すればいいんですよね」

「そう」

憑依したものに隠れているときの草壁さんと話す方法は二つある。一つ目はいま僕がしているように彼女に話し掛けてもらうことだ。そうすれば他の人には聞こえなくても草壁さんの声が聞こえる。

もう一つは草壁さんが憑依しているものに触れることだ。こちらは草壁さんの独り言など話し掛けている言葉じゃない声も聞くことが出来る。

だがいずれの方法でもこちらから草壁さんに話し掛けるためには実際に声を出さなくてはいけない。他人から見たら人形相手に独り言を喋《しゃべ》っているようにしか見えないだろう。

「では返答に窮して困ったときは顎《あご》を触ってください。そうしたら私が都賀さんに返答しますので。その言葉をそのまま編集者さんに伝えてください」

「わかった」

受け付けを済ませて通された打ち合わせブースは、ファッション雑誌も出版しているというだけあってモデルらしき人やお洒落な編集者で賑《にぎ》わっていた。待ち合わせ用の長椅子に腰掛けながら様子を見ていると、カーディガンを羽織ったショートヘアの女性が辺りをきょろきょろしながらやって来る。

「あの人が担当編集者の宇佐美《うさみ》さんです」

ちょっと鋭い表情のきりっとした大人の女性だ。僕は立ち上がり会釈をすると、なぜか宇佐美さんは僕を鋭い目で睨むように見つめていた。

草壁さんが考えて僕がタイプしたこの小説は『君にダリアの花束を』というタイトルの、一風変わった恋愛小説である。

簡単に言うと男女の出逢いからはじまり、恋に発展し、紆余曲折《うよきょくせつ》を経て結婚するまでを描いた作品だ。

男女の視点がころころと入れ替わりながら物語は展開していく。一見平凡な微笑《ほほえ》ましい恋愛ストーリーなのだが、ラストで物語はどんでん返しを迎える。実は女が二股をかけていて彼氏の方は二人いるというオチであり、それがラスト数ページで読者に分かるというトリックを用いている。草壁さんの説明だとこういうものを『叙述トリック』というらしい。

二人の彼氏がニアミスする場面もあるが、結局お互い二股を掛けられていたとは気付かない。そして読者が主人公だと思っていた方の彼氏は最後にフラれてしまうという結末だ。最終章でウエディングドレスを着て微笑むヒロインは、書いている本人でもゾッとする恐ろしさがあった。


「原稿を拝読しました」

「どうもありがとうございます」

挨拶のあとも編集者の宇佐美さんはあまり喋らず、険しい視線を向けてくる。なぜか打ち合わせブースではなく、人目を避けるように個室に通されていた。

小説の打ち合わせなんてもちろん人生はじめてだから詳しいことはわからないが、この雰囲気は明らかにおかしい。打ち合わせというよりは取り調べという感じの緊迫感があった。

「あの……それで、どうでしたか？」

あまりにも宇佐美さんがなにも語らないので不安になってこちらから問い掛けた。

しかし彼女の口から出た質問は、僕の想定の範疇《はんちゅう》を超えるものだった。

「事件性はないんですか？」

「はい？」

宇佐美さんは猜疑心《さいぎ》を隠さない目で僕を睨んできた。

事件性も絡めたミステリー小説の方が好みだったのだろうか？

顎を触りながら猫のストラップを見るが草壁さんからの返答はない。自分で決めた合図を忘れてしまったのだろうか。大切なときに使えない。あまり間を置きすぎると怪しまれるので仕方なく僕が受け答える。

「事件性は、ないですね。でもこのストーリーなら詐欺事件とかに絡めることは可能かと……」

「すいません。質問を変えます。都賀さんはどうやってこの原稿を手に入れました？」

「手に入れた？　どういう意味です？」

「これは草壁久瑠美さんの、遺作となる原稿じゃないんですか？」

「えっ？」

どくんっと心臓が大きく震えた。別に疚《やま》しいことをしたわけでもないのに冷や汗が噴き出し、身体《からだ》が強張《こわば》ってしまう。

宇佐美さんはそんな僕の動揺を見逃さず、更に目を細めて射貫《いぬ》いてきた。

「さすが宇佐美さん。ちゃんと私の作品だって気付いてくれたんだ」

草壁さんは感極まった声で呟いた。喜んでる場合かよと心の中で毒づく。

「僕が原稿を盗んだと仰《おっしゃ》りたいんですか？」

「そういうわけじゃないんですが……もしかすると草壁さんのお知り合いで、未発表の原稿を持ち込まれたのかと思いまして……すいません。失礼なことを」

宇佐美さんは美人を台無しにするように頭をガシガシと掻《か》く。しかしその瞳の鋭さからまだ疑念が晴れていないことは明らかだ。

「なんでそんなこと思ったんですか？」

「お送りいただいた小説は草壁さんの文章とよく似てました。言葉選びや表現の仕方が特にそっくりで」

「そんな理由で疑ったんですか？」

それはいくら何でも憶測が乱暴すぎる。ちょっと呆《あき》れ気味に訊くと宇佐美さんは静かに首を振った。

「一番の理由は、これです」

宇佐美さんは宅配便の送り状をトントンと指で叩《たた》く。

「この住所は草壁久瑠美さんと同じです。それも住所だけじゃなく、アパートの部屋番号まで全く一緒なんです」

「あっ……」

思わず声を上げてしまった。

担当編集者なら色んなやり取りもあるだろうから草壁さんの住所を知っていて当然だ。生前草壁さんが暮らしていた住所から原稿が送られてきて、更には文章に彼女の特徴が滲《にじ》み出ていた。そんな状況なら誰でも疑うだろう。

（なるほど。だから宇佐美さんはこんなにすぐに連絡をしてきたのか。原稿の素晴らしさとか関係ないし）

「さすが宇佐美さん。鋭い。ちゃんと気付いてくれたんだ」

草壁さんの嬉しそうなリアクションを見るからに、はじめからこの展開を期待していたのだろう。

（ふざけるなって！）

まんまと嵌《は》められた。このままではよくて僕は原稿泥棒、下手したら事故に見せかけて草壁さんを殺害した男とこの編集者に疑われかねない。

苛《いら》つきながら顎を触り、草壁さんに助言の合図を送った。

「お困りのようですね、都賀さん。でも大丈夫。これは想定内です」

（想定内というよりは僕を騙す作戦通りだろ！）

澄ました口調が腹立たしく、僕は急かすように顎をボリボリと掻いた。

「ちゃんと返答を考えてきてあるので、私の言うとおり宇佐美さんに伝えて下さい」

悪い予感しかしないが、いまは他に手立てがない。

「実は僕は――」

僕は脳内で響く草壁さんの言葉をそのまま復唱した。

「実は僕は草壁久瑠美さんの大ファンなんです」

「草壁さんの？」

「はい。だからあの天才女子大生作家が死んだときは本当にショックでした。まさに美人薄命ってやつだと神を恨《うら》みさえしました。はあ？」

どさくさに紛《まぎ》れて言いたい放題だ。しかし変に言い淀《よど》めば更に疑われかねないので、頭の中で精査せず言われたままに言葉にした。

「事故の記事を読んだり、ネットやＳＮＳであれこれ草壁さんのことを調べました。そして担当編集者が宇佐美さんであることも、生前暮らしていたアパートの住所も知りました」

「まさかストーカー？」

「し、死後です！　生前はしてません！」

これは僕のアドリブの釈明だ。

「草壁さんの住んでいた部屋で暮らせば、凡人の僕でも少しでも近付けるんじゃないかって。そんな思いで引っ越しました」

いくらなんでも無理がある。そう思ったが、意外にも宇佐美さんは頷いてくれている。しかもその瞳にはちょっと涙が滲んでいた。案外単純な人なのかもしれない。

「なるほど。草壁さんには熱狂的なファンもいましたものね。都賀さんもその一人だったんですね。作風が草壁さんに似てるということもそれで納得しました」

「だいぶ気持ち悪いですけど」という言葉を籠めた目で頷かれ、居たたまれない気分になる。

きっとこんな展開になることまで草壁さんは想定していたのだろう。なんて陰険な奴だ。まあ幽霊なんていうのは基本的に陰険なのだろうけど。

「それで……原稿はどうだったんですか？」

緊張した様子の草壁さんの言葉をそのまま宇佐美さんに伝える。

「内容は面白いと思います。恋愛小説に見せかけたミステリーといった感じで。文章表現もいいですし、伏線の張り方もやや雑ですが悪くないです。ただ」

「ただ？」

「ちょっと粗いと言いますか、誤字脱字が目立ちます。あと文章的におかしなところや繰り返しなどもちょくちょく見られますね。まぁその辺りは直せばいいんですけど……」

草壁さんが喋ってくるのを書き写しているのだからそういう問題点が多いのは仕方ない。続きがありそうなので僕は黙って頷いて先を促した。

「うーん。ちょっと失礼な言い方になるんですが、草壁さんの文章にちょっと引っ張られすぎかなと思います。似たような表現も多々見られますし」

「そりゃ、まぁ……」

本人が書いているのだからそうなるだろう。

「でも一番の問題点は人物の描写や展開ですね。驚愕の結末を迎えるちょっと怖い物語なのに登場人物がみんな優しすぎるんです。邪魔する者や意地悪な人、主人公に不都合な展開などがほとんどありません」

「なるほど。言われてみればそうかもしれませんね」

他人事《ひとごと》のように頷く。

作中主人公とヒロインが喧嘩することもあるが、すれ違いや感情的になったということが主な理由だ。基本的に二人の恋愛は大きな障害もなく、登場人物も親切で好意的な人が多い。内容と展開がマッチしていない感は否めなかった。

「恐らく都賀さんはとても優しい人なんじゃないでしょうか？　もうちょっと波乱《はらん》万丈に荒れた展開とかあった方がこの小説には向いていると思います」

「そっか。そうですよね」

「草壁さんも同じように優しい世界を描くのが得意でした。草壁さんの作品はその優しさが生かされる物語だったのでむしろ長所となったんです。でもこの小説の内容だとその作風はちょっと合わないかなっていう気はしますね」

「よくわかりました。じゃあ今回のお話はなかったということで」

これ幸いと席を立とうとした、そのとき——

「ちょっ！　ちょっと待って下さいよ！」

「きゃあっ!?」

「お、おいっ！　勝手に出てくるなって！」

焦った草壁さんが興奮気味に飛び出してきてしまった。宇佐美さんは驚いて仰《の》け反《ぞ》り、目を丸くしている。

「く、草壁さん……？」

「お久しぶりです、宇佐美さん。驚かせてしまい、すいません」

「えっ……どういうこと、ですか？　えっ？　えっ？」

説明を求めるように宇佐美さんは僕と草壁さんの顔を交互に見る。

久々の再会に感極まったのか、草壁さんは目を潤《うる》ませながらこれまでの経緯を宇佐美さんに説明する。幽霊が書いた小説だと言ってもふつう受け入れられないだろうが、他ならぬ幽霊本人が目の前で説明してくるので宇佐美さんも信じざるを得ない様子だった。

「つまりこの小説『君にダリアの花束を』をどうしても刊行したくて成仏できないと

いうわけなんですね？」

「そうです。これまでの作風とかなり違うからプロットを出しても没にされるかもしれないって思ったんで先に本文を書いちゃったんです。まぁ、その途中で死んじゃったわけですけど」

「なんというか……草壁さんらしいですね」

「途中で死んじゃうところがですか？」

「違いますよ、もう。先に本文書いて作品の良さで押し切ろうとする強引さがです」

さすが元担当編集者だけあって、草壁さんの幽霊ジョークもさらりと受け流している。とはいえ宇佐美さんも亡き作家に会えて感動しているようで、瞳はうるうるとしていた。

「盛り上がるのは結構だけど、その原稿は没になったんだ。約束通り出版は諦めて成仏してもらうから」

せっかく片付きかけた問題を蒸し返されそうで、僕は焦っていた。

「いいえ。草壁さんが成仏しきれないほどの思いを籠めた作品ということであれば話は別です。なんとしてでも出版にこぎつけられるよう、私も全力で協力させてもらいます」

「ありがとうございます！」

草壁さんは喜び勇んで宇佐美さんの手を握ろうとしたが、当然幽霊なので触ることなどできずにスカッと透過してしまう。

そこから僕の意思など無視をして打ち合わせが始まってしまう。改稿内容などは一応聞いたがよく分からないので、すべて草壁さんに丸投げだ。どのみち小説を考えるのは彼女の仕事であって、僕の範囲ではない。僕はマネージャーのようにスケジュールなどだけを子細《しさい》にメモを取っておく。


感動の再会を含んだ二時間程度の打ち合わせが終わって鳳凰出版の玄関を出ると、春の陽気が場違いのように都会の真ん中に漂っていた。街中がパニックになったらいけないので、もちろん草壁さんは人形の中に戻していた。

「これで出版に向けて大きく前進しましたね。今後もタイピングよろしくお願いします」

宇佐美さんにタイピング係をお願いしてみたが、自分は刊行できるように社内調整をするので原稿は僕と草壁さんで完成させて欲しいと断られてしまった。ちゃんと印税は僕に入ることを確認し、渋々引き受けることにした。

「大きく前進？　ずいぶんとお気楽だね。散々駄目出しされてたこと忘れたの？」

「初稿にあれこれと修正点を言われるのは普通のことです。どうってことありません。

それに誤字脱字が多いのは私じゃなくて都賀さんの責任ですからね。しっかりしてください」

「そういう問題は見直せばなんとでもなるだろ。僕が言ってるのは意地の悪い人間が描写できないとかそういう致命的な問題についてだよ」

この物語には意地の悪い人物やうまくいかない不都合な展開が足りないと宇佐美さんは指摘した。もともと草壁さんはそういうことを書くのが苦手らしいので、一朝一夕に解決できる問題じゃないだろう。

「ああ、まぁ、それならなんとかなりますよ。多分」

「ずいぶんと自信あるんだね？」

「だってこれから都賀さんとずっと一緒じゃないですか。性格の悪い人のサンプルには困らなさそうです」

「はぁあ!?　性格が悪いのはどっちだよ！」

思わず大きな声を出してしまうとサラリーマンが驚いて振り返って怪訝《けげん》そうに去っていく。真昼間に街中で人形に話し掛けている奴を見たら誰だってああいう態度になるだろう。

その様子を見て草壁さんは愉快そうに笑っていた。

性格が悪い奴を描写したいなら鏡でも見たらいい。心の中でそう罵《ののし》りながらバイクに跨《また》がる。

　昼間の街には沢山の人が往来しており、僕のような暇を持て余している学生も多かった。グループで歩いている人が多く、なにが愉しいのか大きな声で笑いあいながら歩いていた。外出なんて自分の目的を果たすだけでさっさと帰りたい僕から見ると、意味もなく仲間とつるんで歩く人たちの気が知れなかった。

　そのとき不意に足首の古傷《ふるきず》に鈍痛を感じた。

「ちっ……」

舌打ちをし、ヘルメットをかぶってスロットルを回す。

「あの、書店に寄って欲しいんですけど」

「本屋？　行ってどうするの？　本なんて買っても触れないいんだから読めないだろ。まさか僕に読み聞かせさせようっていうんじゃないだろうな？」

煽《あお》るようにからかったが、意外にも草壁さんは挑発に乗らず、しんみりとした口調で返してきた。

「そうじゃないんです。自分の本が売っているのを見たくて」

「そんなの見てどうするんだよ？」

「私が死んだ後でも、ちゃんと売っているところを見てみたいんです。私が確かに生きていた証《あかし》が、見てみたいんですよ」

「ったく……はいはい。わかったよ」

面倒くさいが幽霊にそう言われたら無下《むげ》にも出来ない。仕方なく僕は大型書店へと向かった。


「そう言えば草壁さんのペンネームってなんなの？」

文庫本の棚の前まで来てそんな初歩的なことを聞いていなかったことに気付く。

「ペンネームが『草壁久瑠美』なんです」

「そうなんだ。本名は？」

「そんなこと都賀さんに教える必要ありますか？　個人情報ですよ」

「あっそう。じゃあいい」

別に興味もなかったのでどうでもいいが、なんだか言い方にカチンときた。こんな相性最悪の幽霊としばらく共同で執筆をしなければいけないかと思うと気が重くなる。

「あっ！　ここの書店私の本を平積みしてくれてるんだ！　嬉しい！」

普段クールな彼女らしからぬ声を上げて喜んでいた。見ると確かに草壁久瑠美の文庫本がたくさん平積みされていた。

「これか」

デビュー作という『騙し絵の放課後』を手に取ると、またしても草壁さんは「ああっ!?」と僕にしか聞こえない大声を上げる。

「うるさいなぁ。今度はなに?」

「帯です。帯を見て下さい」

促されて確認すると『累計部数四十万部突破!　来春映画化決定!』の宣伝文句が躍っていた。

「四十万部?　確か八万部っていってなかった?」

五倍に膨れあがっている。凄い売れ行きだ。

「草壁さん?　どうしたの?」

彼女は急に黙り込んでしまう。自著がベストセラーになって満足し、成仏してしまったのだろうか。

そんな勘違いをするほど長い沈黙のあと、草壁さんの醒めた陰気くさい声が聞こえた。

「累計部数って?　まさか。ちょっと裏も見せて下さい」

「いいけど。どうしたの?」

裏表紙側の帯を見るとコミカライズの情報が載っていた。どうやらこれを原作とした漫画があるらしい。

「やっぱり!　コミカライズなんて、聞いてないっ」

憎悪に歪《ゆが》んだ声にゾクッと背筋が震えた。本当に怨霊になってしまったのかと思ってしまうくらい、怨《うら》みがましい声色だ。

「映画化とか漫画化とか、そんなの聞いてない。私は了承なんてしてないのにっ」

「最近決まったんだろ。草壁久瑠美は死んでるんだから著作権を引き継いだ家族に承諾を得たんだと思うよ。そりゃ草壁さんにも墓前で手を合わして報告くらいはあったんだろうけど」

生前八万部の小説が急速に五倍にもなったから映画化も急遽決まったのだろう。そして売り上げが急激に伸びた理由も、言わずもがなだ。夭逝《ようせい》した女子大生小説家という話題性で売り上げを伸ばしたのは間違いない。

彼女の本の前にはポストカードサイズのＰＯＰが飾られている。

『弱冠二十歳で非業の死を遂げた若き才能、草壁久瑠美の鮮烈なデビュー作』

そのデザインや完成度から見て、この販促用ＰＯＰは書店員ではなく出版社が作ったものだろう。

「なにこれ？　私が死んだお祝いみたいな、こんなものまで用意して」

「お祝いじゃない。追悼《ついとう》だろ」

「追悼？　馬鹿言わないで下さい。どう見ても私が死んで話題になっている商機を逃さないためでしょ？」

憤《いきどお》る草壁さんの気持ちもわからないでもない。自分の死んだ後の世界を見るというのは、意外と残酷なことなのかもしれない。

少しだけ彼女に同情して、胸がキュッと痛んだ。

「……ほら、あれだよ。芸術家が死んでから評価されるのはゴッホの時代から続く伝統みたいなものだろ」

「慰《なぐさ》めてくれてるんですか？　ありがとうございます。でもゴッホは別に死んだから有名になったんじゃありません。死後作品の良さが認められたから有名になったんです。適当な慰めはいりませんから」

刺々しい嫌味もいつものような切れ味がない。だが僕の陳腐な慰めも冷静にさせる程度の効果はあったようで、興奮が収まった草壁さんは呆れたように笑った。

「それにしても私が死んで僅《わず》か半年でこんなに売れたんだ。まあ累計部数って半分以上コミックの方なんでしょうけど、それでもすごいな。いつかは大ヒットを飛ばしたいって夢見てましたから。非業の死も遂げてみるものですね」

「そういう笑えないジョークはいいから」

落ち着きを取り戻した草壁さんは「私の小説を読んで勉強してください」としつこく勧めてくるので、仕方なく彼女の既刊すべてを購入した。草壁さんは買わなくていいと言っていたが、一応コミック版も購入する。

興味ないと言っていた割に草壁さんは家に帰るとすぐにコミカライズ作品を読ませろと言ってきた。うるさいのでページを捲《めく》って読ませると今度は「原作の良さが失われてしまっている」と怒り出してしまう。それなりにきれいな絵だし悪くない出来だと感じたが、原作者としては納得がいかなかったのだろう。

「漫画なんてどうでもいいんで原作を読んでください」

「別に興味ないんだけど」

「せっかく買ったのにもったいないじゃないですか」

渋々冒頭だけ読んでみると、相変わらずややこしい表現が多くて眠くなってくる。こんな睡眠薬を何冊も買ってしまったのだから、しばらくは寝不足に悩まされなくて済みそうだ。

3

朝、着替えてからドールハウスの扉を開けて猫のストラップ人形に憑依した草壁さんを取り出す。それがここ最近の僕の日課だ。家の中では人形に憑依する必要はないのだが、お互いのプライバシーを守るために夜はそうすることに決めていた。

「おはよう」

「おはようございます」

　幽霊は寝なくても平気らしい。というより寝ることは出来ないそうだ。僕が寝ている数時間の間、草壁さんはなにを考えて過ごしているのだろう？　考えるとちょっと気の毒な気がしてきてしまうのでなるべく考えないようにしていた。

　草壁さんが自分の部屋として利用しているこのドールハウスは、一緒に家電量販店のおもちゃ売り場に行って選んだ。適当なものをさっさと買うつもりだったのにちゃんと選ばせろとうるさいので、仕方なく人形姿の彼女を実際に椅子に座らせたりベッドに寝かせて確認させた。

　店員や他の客から居心地の悪くなる視線を浴びせられても、草壁さんは意に介した様子もなく新居選びを愉しんでいた。傍《はた》から見れば僕はただのドールハウスで遊ぶいい年した男だ。しかも自分の人形まで持参して。

　会計時には店員に「ご自宅用ですか？」と訊かれてしまった。別に僕が自宅で遊ぶためではないが草壁さんの『ご自宅』にする予定なので仕方なく「はい」と答えた。もうあの店に行くことは二度とないだろう。

「そういえば草壁さん、最近は記憶がなくなってないの？」

「さぁどうでしょう？」

「どうでしょうって。自分のことなのに他人事みたいだね」

「そりゃそうですよ。だって記憶がなくなるということはその出来事はなかったことと同じになるんですよ。記憶がなくなったことにさえ気付かないなんてことも多々あるはずです」

「それもそうか」

昨日の晩御飯なんだっけという具体的な記憶の欠落なら気付くが、以前の出来事を丸ごと忘れていたら自分が記憶を失ったことさえ分からない。

ちなみに既に草壁さんはデビュー作である『騙し絵の放課後』を忘れつつある。恐らくコミカライズの件がショックで記憶に破損が生じたのだろう。どうやら辛《つら》いことや悲しいことがあると、それに起因する記憶を失っていくようだった。

「過去の記憶よりも原稿です。今日も張り切って改稿しましょう」

人形から出て来た草壁さんは半透明な体を反らし、伸びをしながら浮かび上がる。

ちらっと見えたおへそがやや気まずくて、視線をディスプレイに固定する。

どうやっているのかは知らないが服は着替えられるらしい。とはいえその服装はいつもTシャツにジーンズというラフなもので、柄や模様が変わる程度だ。あまりお洒落には興味がないのだろう。それなりに美人なのに、ちょっともったいない。

「また改稿か。面倒だな」

「今日は午後から講義なんですよね？　それまでにやれるところまでやらないと」

鳳凰出版の打ち合わせから三週間ほど経っていたが、暇さえあれば原稿の直しをさせられていた。ひとりで勝手にやってくれれば楽でいいのだが、残念ながら霊体の草壁さんはキーボードを叩くことが出来ない。いや、それどころかプリントアウトした原稿を捲ることも、パソコンの画面をスクロールさせることすら出来ない。だから作業は常に二人三脚で行わなければならなかった。

『君にダリアの花束を』はその名の通り、作中に何度もダリアの花が登場する。この物語の一つのテーマと言っていい。ヒロインが好きな花で、大切なシーンで印象的な使われ方をしている。タイトルにまでしているのはその花言葉が重要だからだ。

ダリアの花言葉は『可憐《かれん》、気品、優雅、感謝』、そして『裏切り、移り気』である。二股をかけ、主人公を裏切った彼女にダリアの花束を捧げるという意味である。タイトルにまで伏線を張るという大胆な仕掛けはなかなか面白い。

でもいくら衝撃のラストでもこう何度も読み返していると当然ながら驚きなどなかった。

「もう充分直したし、いいんじゃない？　それなりに波乱含みの展開になったと思うけど？」

文句を言いながらパソコンのファイルを開く。

「充分なんて、小説を書いててそんなときは最後まで来ません。来るのは締め切りだけです。締め切りが来て、仕方なく原稿を渡す。ただそれだけです」

「なにそれ。面倒くさいな」

はじめに原稿を打ち込んだときはスラスラと流れるように物語を語った草壁さんだが、この修正作業のときは詰まりながらゆっくりという速度だ。一文ずつ読み、すぐに止まってどんな表現がいいかとか、矛盾はないかなどを確認する作業が続く。

しかも物語を大きく変更しなければならないので余計に大変だ。一ヶ所直すとその前後もあれこれと変えなければならない。いっそ一度すべて消して書き直した方が早いんじゃないかというほどの鬱陶《うっとう》しい作業だった。

「あんまり変更するなって。一ヶ所直すとつられて他も直さなきゃいけなくなるんだから」

「そこを面倒だって思っていたら小説なんて書けません」

「短い書類なら見直しも楽だけど十万字もあるんだぞ？　大きな流れを変えちゃうと直すのに全部見直さなきゃいけないんだよ」

「だったらいいものがあります」

草壁さんに指示されてアクセスしたのは小説作成用エディターツールだった。

「これを使えばプロットを書けるし、登場人物の関係性なども簡単に整理できます。

いちいち全部見直さなくても全体が把握できるから便利ですよ」

「へぇ、こんなのがあるんだ。もしかしてここで設定しておけば後は簡単に一括変換とかしてくれるわけ？」

「そんなわけないじゃないですか。それは自分で打ち直すんです」

「なんだよ、それ。期待して損した」

「文句ばっかり言ってないで続きをやりますよ」

「あーあ。うんざりするな。どうせ今日も嫌味ったらしく間違いを指摘されるんだろうなぁ」

「大丈夫。都賀さんも最初の頃よりはずいぶんましになってきてますから」

「はいはい」

当初はぎこちなかった二人での改稿作業も、四週目ともなるとちょっとはコツも摑《つか》めてきていた。草壁さんが読む速度も分かってきたので、それに合わせて画面をスクロールさせる。

「あ、そこも間違ってます。質問してるんですから訊ねるの方の『訊く』です。あ、ここも」

「わかったよ。ったく、細かいな」

「全然細かくないです。当たり前のことですから。表記の揺らぎというのは――」

「あー、はいはい。そういう講釈はいらないから」

草壁さんの小言を掻き消すように『Del』のキーを強めに連打する。作業は慣れてきたとはいえ、彼女の性格には全然慣れてこない。いや、むしろ知れば知るほど険悪な空気になってきていた。口調は丁寧だが僕を見下しているのは明らかだし、僕の方も堅物《かたぶつ》で融通《ゆうずう》の利《き》かない草壁さんに呆れていた。

「本当にこんなことして本になるの？」

「宇佐美さんを信じましょう。あの人は小説を見る目は確かです。ただの同情なんかで出版するなんて言ったりしません」

「いや宇佐美さんは気に入ったとしても今日行われる編集会議とかいうやつを通らないと駄目なんだろ？」

鳳凰出版では本来はプロットというあらすじみたいなものや企画書というものを提出して編集会議に掛け、それを通過したら本文を書き始めるものらしい。

「それは宇佐美さんに任せて、私たちは原稿を仕上げるべきです」

「たとえ会議に通ったとしてもまた大幅な変更とかあるかもしれないんだろ？　改稿するのはそれからでもいいんじゃない？」

「都賀さんは私の言うとおりにタイプライターとして書き写せばいいんです。それで印税が入ってくるんですから。さあ、いちいち文句を言わずに仕事をこなして下さい」

こういうものの言い方がいちいち癇《かん》に障《さわ》る。彼女は協力し合おうという気持ちを欠片《かけら》も持ち合わせていない。よほどひどい死に方をして性格が歪んでしまったのだろうか？　それとももって生まれた先天的な問題なのだろうか？

「そもそも印税っていくら貰《もら》えるの？」

「それは本の価格と部数、それに印税率によります。まあ恐らく七十万円とかそんなものじゃないでしょうか」

「へぇ……」

確かにタイピングするだけで貰える額としてはまずまずだ。しかし夢見る金額と言うにはほど遠い。なんとなく『印税』という響きはもっと夢のある金額を想像していた。

「もちろん重版すればその都度お金を貰えます。それこそ何千万、何億ということだってあり得ますから。もちろんそれは非常に稀《まれ》なケースではありますけど」

「おおー。そんなに貰えたらすごいな。最低でも七十万、うまくいけば数億円。なんか空くじなしの宝くじみたいな感じだ」

その数字を聞いて少しモチベーションが上がった。そんな僕を見て草壁さんはあからさまに不快な顔をした。

「なんだよ？　僕は金が儲かるって言われたからやってるんだ。喜んで悪い？」

「私はなにも言ってません。早く次のページにスクロールさせて下さい」

大きいとは言えないノートパソコンのディスプレイを二人で見ているから密着するような姿勢なのは仕方ない。草壁さんは透明で質量がないから触れたところで感触はないのだろうけれど、それでもピタリと横にいられると変な圧迫感を覚えた。

「もうちょっとそっちに行って下さい。近すぎます」

「はあ？　僕の方はもうギリギリだって。我慢してよ」

こんなことをあと何ヶ月もしなくてはいけないかと思うと気が重い。やはり七十万円では割に合わない気がした。何としてでも大ヒットしてもらわなくては。


講義を終えてバイトに向かう途中、鳳凰出版の宇佐美さんから着信があった。会議が終わってすぐに連絡をくれたのだろう。

四六時中一緒にいると疲れるので草壁さんは家に置いてきてしまっていた。出来れば一緒に結果を聞きたかったが仕方ない。

「もしもし、鳳凰出版の宇佐美です」

「はい、都賀です。こないだはありがとうございました」

「こちらこそ！　実はいま会議が終わったんですけど、色々と突っ込まれまして。すいません、一発で企画を通すというのは無理でした」

「あー……そうなんですね。没ですか」

会議が通らず没になればもう小説の手伝いをしなくて済む。願っていたことのはずなのに胸にずしんと重い衝撃を受けた。

「いやいやいや。没じゃないんです。よくあることなんですが、このままじゃよくないからここを直してとか編集長から指摘が入るんですよ。むしろそういう指摘があるということは望みがあるということですから」

「おー。そうなんですね。ありがとうございます」

よくわからないが悪い展開ではないらしい。とはいえ一発で通らなかったと聞かされたら自信過剰な草壁さんは悔しがるだろう。その顔を思い浮かべてにやけてしまった。

「いま草壁さんもご一緒ですか？」

急に宇佐美さんは小声になった。恐らく周りに人がいるのだろう。

「いえ。今は外にいますんで。帰ったら伝えておきます」

「はい。お願いしますね。私は指摘があった点をメールにてお送りいたしますので」

一発で企画が通る、とはいかなかったが刊行される可能性が高まってきた。通話を切ってからスマホで『草壁久瑠美　売り上げ部数』を検索する。狸《たぬき》というのは捕る前にこそ皮算用したくなるものだ。もちろん草壁さんは非業の死を遂げたということで売り上げを伸ばしているから、純粋な指標にはならない。それでも夢を見るならなるべく華やかなものを見たいと願うのが人の性《さが》だ。

「ん？　なんだこれ」

『草壁久瑠美』と入力したのに検索結果には『くるみ』という別の作家の作品もヒットしていた。『くるみ』の作品の表紙は少女漫画のようなキラキラとしたイケメンと気の弱そうな女の子が描かれていた。

著者紹介を確認すると『くるみ』というのは草壁久瑠美の別ペンネームということが分かった。そんな活動をしていたなんて聞いていない。黒歴史として隠していたのだろうか。

「へぇ。こんなのも書いてたんだな」

僕の心にムクムクと悪いイタズラ心が芽生えてしまっていた。

4

「なんかいいことあったんすか？」

客のいない閑散としたコンビニのバイト中、シフトメンバーの翠川《みどりかわ》さんに声をかけられ我に返った。印税の使い道を考えて、つい意識が散漫になってしまっていた。

「え？　なんで？」

「さっきからずっとニマニマしてましたよ。いいことあったなら奢《おご》って下さい」

彼女は一つ年下の十九歳だが、バイトでは半年先輩だ。

「なんでいいことイコール金が儲かったってことになってるの？」

「違うんっすか？」

翠川さんは女性なのに語尾に「っすか」とつける変わった喋り方をする。敬語のつもりなのかもしれないが、だとしたらちょっと独特な感性だ。

「いや、まあ。違わないけど」

本が出版されれば印税が入ってくるのだから間違いではないが、ギャンブルで儲けたみたいな言われ方はなんだか引っ掛かりを覚えた。空くじなしの宝くじみたいだと発言した自分のことは棚に上げておく。

彼女は芸術家の卵でフリーターをして生計を立てている。立体物と音楽を融合した新しいアートを作ってるらしいのだが、説明を聞いてもさっぱり理解できなかった。

「焼き肉にしようかな？　それともお寿司？」

赤く染めた不揃いな長さの髪の毛先をクルクルと指で絡めながら真剣な顔で悩んでいた。既に僕が奢るというのは決定事項になってしまったらしい。

「まだ奢るって言ってないんだけど？」

「奢ってくれないんすか」

「いやまあ、別にいいけど」

勢いで了解すると大袈裟《おおげさ》に口角を上げて微笑む。

髪型やファッションは奇抜で個性的だが、化粧は地味だ。一重の目許《めもと》やそばかすの目立つ顔はあどけなくて可愛らしい。ちなみに痩せている割に胸元はご立派なもので、こちらはまるであどけなさを感じられない。なにかとアンバランスな女性だが独特の魅力はある。

「翠川さんって草壁久瑠美って小説家知ってる？」

「クサカベクルミ？　ああ。知ってる。なんか去年死んだ人っすよね？」

やはり世間的にはそれで有名になったのだろう。

「なにか読んだことある？」と訊いたとき来店を告げるチャイムが鳴り、僕たちは同時に「いらっしゃいませ」の声を上げた。

それから店はそれなりに忙しくなり、結局僕の質問の答えを貰うことはなかった。

バイトが終わって家に帰ったのは午後十時を回っていた。草壁さんは窓際にふわふわと浮かび、窓の外を眺めていた。

「ただいま」と声を掛けると振り返って「おかえりなさい」と返事をして、また窓の外に目を向けた。幽霊に玄関までお出迎えされたいとは思わないが、もう少し愛想があっても良いとは思う。

「なに見てるの？」

「別に」

僕も草壁さんの隣に立ち、窓の外を眺めた。夜景が見えるわけでもなければ、自然が美しいわけでもない。どこの町にもある一般的な住宅街のつまらない景色だ。

草壁さんは一人ではこの部屋の外に出ることが出来ない。話す相手もいなければ、本を読むことも出来ない。たまにテレビをつけて出掛けることもあるが、自らでオンオフできないので静かに小説のことを考えられないという理由で消していることがほとんどだった。そんな状況の彼女を何時間も置き去りにするのはちょっと可哀想《かわいそう》な気もした。

「そうそう。宇佐美さんから会議の結果について連絡があったぞ！」

「そんな大きな声で言わなくても聞こえてます」

草壁さんは静かな声で憎まれ口を叩く。早く結果が知りたいのだろう。その表情からは緊張が伝わってきた。

「残念ながら一発で企画会議は通らなかったけど、編集長から修正点を告げられた。

その辺りを直してもう一度提出して欲しいって」

「没じゃなかったんですね。よかった」

僕の予想に反して草壁さんはホッと安堵《あんど》の表情に変わる。悔しがったり焦るところが見たかったからちょっと残念だ。

「当たり前だろ。僕がタイピングしたんだから」

「なんですか、その根拠がよく分からない自信は」

目付きの悪い表情のまま、口角を軽く上げた。分かりづらいけど、どうやらこれは笑っているらしい。三週間程度一緒に暮らしてようやく最近気付いたことだ。

「それでどんな修正点なんですか？」

「主人公やヒロインの悲哀や苦悩を盛り込むことと、もう少しストーリーに起伏をつけて欲しいとのことだ」

宇佐美さんからのメールを見せると草壁さんは何度も小さく頷いていた。

「よし、じゃあさっそく改稿しましょう！」

「そう慌てるなよ。今夜は没にならなかったお祝いをしよう」

「ずいぶんと微妙なお祝いですね。せめて企画が通ってからにしてください」

相変わらず可愛げのない幽霊だ。もっとも可愛げのある幽霊なんて聞いたことないけれど。

「ほら、ちゃんとお祝いのケーキを買ってきたし」

「そんなことされても私は食べられないんですけど」

「そっか。すっかり忘れてた」

怒るかなと思ったが、そのからかいには乗ってこなかった。霊体はお腹《なか》が空《す》かないだけでなく、食欲そのものがないらしい。僕は二人分のケーキをテーブルに置き、その横にアロマキャンドルを置いて火をつけた。

「なんですか、それ」

「見ての通りアロマキャンドルだよ。草壁さんのために買ってきた」

部屋の電気を消すと、室内にはぼんやりとした温もりのあるろうそくの灯《あか》りだけになる。オレンジ色の薄明かりに照らされたザッハトルテは、より一層チョコレートが濃厚に見えた。

「私のため？」

「ほら、なんか霊的なものって焔《ほのお》の灯りとか好きそうだろ」

「偏見ですね」

本当はそんな理由ではない。久瑠美の処女作『騙し絵の放課後』にお祝いするときキャンドルを灯《とも》していたシーンがあったからそれを真似しただけだ。わざわざ作中に書くくらいなのだからきっと好きなのだろう。実際揺らめくろうそくの火を見詰める彼女の表情は、これまで見たことないほど安らいだものとなった。

「小さい頃、ケーキよりもその上に乗ってるろうそくとか砂糖菓子の人形が好きだったんです。甘い物はあんまり好きじゃなかったんですけど、あのメルヘンチックで賑やかな雰囲気が好きでした」

草壁さんは幼い日の記憶を愛《め》でて、目を細めていた。

「記憶が薄れてきているという割には随分と昔のことは覚えているんだね」

「古いものから順になくなっていくわけではないみたいなんです。大切なことや嬉しかったこと、愉しかったことは消えづらいみたいなんです」

「へぇ……大切な思い出か」

霊となってしまった草壁さんには、生前の思い出はなによりも大切なものなのだろう。思い出が宝物だなんて、なるべく過去を思い出したくない僕とは正反対だ。

草壁さんは膝を抱えた姿勢でキャンドルの前に座り、眩《まぶ》しそうに微笑んだ。いつもの刺々しさがまるでない、子どものような笑顔に思わずドキッとしてしまう。

「実はもう一つプレゼントがある」

僕はスマホをかざし、ダウンロードした『くるみ』名義の電子書籍版『居眠り姫は茨の王子に溺愛《できあい》される』を見せた。草壁さんの顔は見る見る赤く茹《ゆ》だっていった。

「な、なんでそんなものダウンロードするんですか！」

引ったくろうとした草壁さんの手が、当たり前だがするりと空を切る。

「そりゃもちろん僕が熱狂的な草壁さんのファンだからだ。こういうのも書くんだね。意外だったよ」

「読んだんですか、それ」

草壁さんは両手で火照《ほて》った頬や口許を覆《おお》い、潤んだ瞳で非難がましく僕を睨む。

「そりゃ読むよ。草壁さんだって沢山の人に読んで貰いたくてこの小説を書いたんだろ？」

「その『沢山の人』の中に都賀さんは含まれてませんっ」

草壁さんが焦るのも分かる。まだ最初の方しか読んでいないが、この男子禁制感丸出しの表紙の小説は可愛らしいイラストからは想像できないほど過激な性描写が満載だった。

正直僕としては『騙し絵の放課後』よりもこちらの方がよっぽど読みやすそうだ。

「絶対に読まないで下さいよ！」

「わかったからそんなに興奮するなって」

「絶対、絶対、ぜっったいですよ！」

騒がしいから、読むのは彼女をドールハウスにしまってからにしよう。

そんなことを考えながら揺れる焔の光を見詰めていた。

5

僕は別に孤独が好きなわけではない。しかし人付き合いの煩《わずら》わしさを思えば他人と関わるよりも一人でいた方がましだというだけだ。

もっとも、そういう奴のことを『孤独が好き』というのかもしれない。

この世を悟った顔をして他人に「孤独が好きだ」などと語る奴は、孤独じゃなくてもっと他のなにかが好きな奴だ。

そんな僕だから、草壁さんに「友達とかいないんですか?」と訊かれたとき、特に惨《みじ》めな気持ちにもならなかった。

「『友達』っていうものの定義にもよるな」

「なるほど。都賀さんの友達の定義は分かりませんが、友達がいないということは分かりました」

敬語での嫌味も聞き慣れてきた。腹が立ちそうなときは非業の死を遂げた可哀想な女の子と思うことにして堪えている。

「草壁さんも友達いなさそうだな」

「失礼ですね。私にはちゃんと親友がいました」

「へえ。意外だな」

「ほら。そういう言い方をするから都賀さんには友達がいないんですよ」

草壁さんはオセロで角を取ったような顔で指摘してくる。

「別に馬鹿にしてるわけじゃないって。人付き合いって面倒くさいだろ？　そういうのが嫌いなのかなって思っただけ」

「なるほど。確かにそれは一理ありますね」と、珍しく草壁さんは素直に頷く。

「人に気を遣ったり、ときには相手に合わせなくちゃいけなかったり。人付き合いっていうのは煩わしいこともありますもんね」

「仲間をたくさん作りたがる奴とか、ＳＮＳでそれをひけらかしてる人とか見ると、それって本当に楽しいのかって問い詰めたくなるよな」

「相変わらず拗《こじ》らせてますね。私はまあそういう人を否定するつもりはありませんけど。私の場合は本当に信用できて気が合う友達がいればいいってタイプでしたから。ほんの数人ですが、親友はいました」

その親友のことを思い出しているのか、草壁さんは柔らかな表情を浮かべていた。いつも取り繕ったように無表情な草壁さんが微笑んでいると不思議と少し安心する。

「そういう友達なら確かにいいよな」

「ええ。大学時代には優羽《ゆう》っていう親友がいました。元々私の小説のファンで、それがきっかけで仲良くなったんです」

「へぇ。それはすごい」

普通ではなかなかあり得ないきっかけだ。純粋に驚くと、草壁さんは少し照れくさそうに笑った。

「キャンパスの食堂で私の本を読んでいるのを見掛けたんです。それまで講義でたまに見掛けることはあったんですけど、話したことはなくて。物静かで、いつも真面目に講義を受けていました」

「へぇ。イメージ通りだな」

「どういう意味ですか？」

「なんか草壁さんの小説の読者って講義室の前列で眼鏡かけてる垢抜《あかぬ》けない女の子って感じがするから」

「そういう先入観って偏見ですよ」

草壁さんはジトッと僕を睨む。

「別に悪口言ったわけじゃないって。イメージだよ」

「そうやって勝手に人にレッテル貼るのはよくないですよ。まあ確かに優羽ちゃんは眼鏡をかけて大人しめの子でしたけど」

「当たってるし」

僕のツッコミを半笑いで無視して草壁さんは話を続ける。

「悪い感じの子じゃなかったから、思い切って声を掛けてみたんです。『その本、面白い？』って。そしたらにっこり笑って『はい』って答えてくれました。そして作中の隠された意味とか、文章の美しさとか、主人公の魅力とか、私が恥ずかしくなるほどベタ褒めしてくれました」

その優羽さんとやらも、まさか相手が作者と知らずに熱く語ってしまったのだろう。

「だったら草壁さんが作者だって知ったら相当驚いたんじゃないの？」

「ええ。はじめは疑っていた様子だったけど、原稿とか見せたら信じてくれて。今思うと少し悪趣味なことしてしまったかなと反省してます。まさかあんなに恐縮されるとは」

優羽さんがどんな風に取り乱したのかは語らなかった。でも遠い過去を振り返る目をした草壁さんは、とても優しい顔をしていた。

記憶がなくなりつつある草壁さんがここまで鮮明に覚えているのは、それが忘れ難《がた》い大切なものだからなのだろう。

「ちょっと変わった出会いだったけど、私たちはすぐに親友になれました。でも考えたら当たり前なのかもしれないですよね。だって私の考えやら感性が詰まった小説を読んで共感してくれた人なんだから」

「なるほど。そう言われたらそんな気もするね」

ということは、きっとその優羽さんとやらも僕とはまったく合わないタイプの人間だろう。

「二人でカラオケに行ったり、映画を観に行ったり。互いの家に泊まることもよくありました。優羽は私のファッションを真似て、私は優羽の口癖がうつって。それくらいずっと一緒にいた親友です」

「草壁さんのファッションねぇ」

無課金状態のアバターのような、無個性なジーンズとカットソー姿の草壁さんを見る。

「お洒落というのはそれを見せる人によって決めるものです。だからこの服装は私における都賀さんの評価だと思って下さい」

「なるほど。つまり着飾らずありのままの自分でいられる信頼した存在ということか」

「都賀さんにもポジティブなところがあるんですね。安心しました」

皮肉を言う横顔は、以前よりも心なしか親しげに感じる。さすがに毎日顔を突き合わせていれば、多少気を許すものなのだろう。

そのとき、ふと先日の窓際で外を眺めている草壁さんの姿を思い出した。

死後、草壁さんはずっと一人でここにいた。

僕が引っ越してくるまでの半年間、誰もいない空室で小説以外なにを思いながら過ごしたのだろうか。きっとその親友のことが頭を過《よぎ》ったこともあっただろう。

「その親友に会いに行こうか？」

草壁さんは擦り剥いた傷口に触れられたように、ビクッと反応した。

「突然幽霊となって現れては優羽も迷惑でしょうし、私も会いたいと思いません」

「嘘つけ。草壁さんはその友達のことをやけにはっきり覚えてるじゃないか。それだけ大切な思い出で、会いたいという気持ちも強いんじゃないの？」

図星だったのか、草壁さんは明らかに動揺が顔色に表れていた。

「交通事故で唐突に死んだんだ。なにか言い残したこともあるだろ？」

「それを伝えてどうするんですか？　幽霊として会えたところで結局は悲しませるだけですし、私も虚《むな》しくなるだけです」

草壁さんらしい、達観して醒めた言葉だ。未練がましくめそめそ泣く幽霊も嫌だが、草壁さんのようにサバサバした幽霊というのも、それはそれで見ていてなんだか寂しくなる。

「そんなことより原稿です。まだまだ研鑽《けんさん》を積まなければいけないんですから余計なことをしている暇はありません」

草壁さんは感情を押し殺した顔で会話を一方的に打ち切り、視線をパソコンのディスプレイに向けた。

宇佐美さんのメールに書かれてあった編集長の指摘事項は二点。主人公やヒロインの苦悩や悲しみをもっと掘り下げて描くことと、物語の起伏を多く盛り込むことだ。

「苦しみや悲しみを掘り下げるって言われてもいまいちピンと来なくて。都賀さんはどう思います？　裏切られたり傷つけられても、悲しんだり嘆いたりするばかりじゃないと思うんです。忘れようって思ったり、仕返ししてやろうとか考えたりしませんか？」

「草壁さんらしい発想だね。でもこの主人公の男は多分そうじゃないと思う。もっと思い悩むんじゃないかな？」

最近草壁さんはこんな風に僕に作品の相談を持ち掛けてくるようになった。なにかアイデアを出しても全部没にされるけど、訊かれるだけ以前よりは頼りにされているのかとちょっと嬉しくもある。

「うじうじ悩んばかりでもしょうがなくないですか？」

「そういう風に簡単に割り切れないこともあるんだって」

そんなものでしょうか、と草壁さんはため息をついて首を傾げる。

「僕としては二番目の物語に起伏をつける方が難しい気がするんだよな」

「確かに。そっちも悩ましいですよね」

『君にダリアの花束を』は一見どこにでもあるような普通の恋愛をテーマにした小説だ。どこにでもいるようなカップルの日常を描いているからこそ、実は女性が二股をかけていたというラストのオチが効《き》いてくる。

逆に途中であれこれと複雑な展開を入れると二股をかけているという事実に不具合が生じてしまう。旅行に行くとか、元恋人の影があるとか、恋愛小説にありがちなイベントを入れてしまうと最も大切なラストに矛盾や違和感を与えてしまう恐れがあった。

起伏が少ないからこそラストが効いてくる作品である。しかしそれ以外の部分で惹《ひ》きこむ力がなければ小説として面白みがないという編集長の指摘も理解できる。

「なんかあれこれ指摘されて加えていくと私が書きたかったものから離れていく気がするんですよね」

「それは仕方ないだろ。趣味じゃなくて仕事なんだから」

「仕事、か。小説って私にとって仕事だったんですよね。忘れてました」

草壁さんは嫌味なく、純粋に不思議そうな声で呟いた。

「仕事じゃないならなんだと思ってたんだよ？」

「そう訊かれると難しいですね。なんでしょう？　小説は、小説です。そうとしか言いようがありません。書くのが楽しいし、文章を直すのも楽しい。内容について宇佐美さんと相談するのも楽しかったし、本として完成したら嬉しかった」

僕にはさっぱり理解できない感情だが、なんとなくニュアンスは伝わってきた。彼女にとって小説とは仕事という言葉では収まりきらないものだったのだろう。ただやり残した仕事というだけなら、成仏できないほど悔いは残さないはずだ。

僕はそんな大きな「なにか」を持っていない。改稿に打ち込む草壁さんが眩しく見え、僕はそっと視線を窓の外へと逃がしてしまった。

6

当たり前だが小説というのは売れれば増刷する。いわゆる重版というやつだ。

今まで興味もなかったから知らなかったが、今のご時世では重版される小説というのはごく僅からしい。ほとんどの本は最初に刷られた初版のみで消えていく。売れないものは一ヶ月で書店から消えてしまうこともあるそうだ。

毎月物凄い量の新刊が刊行されるのだから、有限である書店のスペースに並びきれないということは僕でも分かるが、あまりにもシビアな数字に驚かされた。本は物理的に腐らないが、商品的には生鮮食品に近いものなのかもしれない。

もし今回の作品『君にダリアの花束を』も売れなければ最初に貰った印税だけでお

しまいということになってしまう。もちろん普通の作家なら次の作品に賭けることも出来るが、僕の場合はこの一冊だけしかチャンスがない。どうしても世に出したかったこの『君にダリアの花束を』を出版すれば、未練がなくなった草壁さんは成仏してしまうからだ。彼女がいなければ当然僕は二作目を書くことが出来ない。

不労所得というのは誰もが夢見る魅惑の響きだ。自分で書いているわけでもないのに欲張りな話かもしれないが、出来れば何回も重版されるヒット作にしたかった。とはいえどうすればヒット作になるのか、素人の僕にはさっぱり分からない。でも少なくとも作品の出来がよくなければ売れないだろう。

そんな邪《よこしま》な思考で僕は改稿に気合いが入ってくる。しかし肝心の草壁さんの方はこのところ上の空なことが多かった。

口には出さないが、もしかすると過去の記憶がどんどんと消えていき不安になっているのかもしれない。くるみ名義で刊行した『居眠り姫は茨の王子に溺愛される』のことも忘れてしまっていた。はじめは照れ隠しで忘れた振りをしているだけなんだと思ったが、どうやら本気で忘れてしまったようだった。ちょっとからかいすぎたのがよくなかったのだろうと反省している。

「ねえ、草壁さん。ここは直さなくていいの？」

窓の外を眺めているのを咎《とが》めるように意見を求める。

「いま考えてるんです」

明らかに取って付けたような言い訳を口にして、虚《うつ》ろな目をパソコンに向けた。集中していないことは一目瞭然だった。本当に小説のことを考えているときの草壁さんはもっと表情が豊かで、物語を体験しているかのように喜怒哀楽を浮かべる。

ずっと部屋に籠もりきりで気分が晴れないのかもしれない。僕も要求されないので、あの打ち合わせ以降草壁さんを連れて出掛けていなかった。たとえ霊魂とはいえ、たまには気分転換も必要なのだろう。

僕はヘルメットを手に取り、立ち上がった。

「出掛けよう」

「どこにですか？」

「気晴らしだよ。たまには気分転換でもしないといい文章も書けないだろ？」

「別にそんなのいいです」

予想通りの返事だったが、構わずに僕は鞄を手に取り、部屋を出た。ドアを開けると待ち構えていたかのような強い日差しが僕を突き刺してくる。

「都賀さんに気を遣われるとなんだか気味が悪いです」

文句を言いながらも草壁さんはしっかり鞄にぶら下がったストラップ人形に憑依し

ている。

「幽霊に気味悪がられるとは僕もおしまいだな」

「私のための気晴らしとか言って、本当は自分が改稿作業に嫌気がさして逃げだしたいだけなんじゃないですか？　まぁ付き合ってあげます」

相変わらずの憎まれ口だが、声の柔らかさからして嫌がってはいないようだ。

「言っとくけど別に草壁さんの精神衛生の心配をしてるんじゃない。小説の進捗《しんちょく》のためだ」

「小説のためじゃない。お金のためでしょ」

その嫌味は無視してバイクに跨りエンジンをかける。落ちるわけはないだろうが念のため草壁さんを鞄に入れた。

「ちょっと。鞄の中に閉じ込められたら憂《う》さ晴らしにならないじゃないですか」

「落ちたらどうするんだよ？」

「大丈夫ですから気にせず出しておいて下さい」

「飛ばされても知らないからな」

そう言って脅してみたが、紐《ひも》で括《くく》られているから落ちることはないだろう。僕はスロットルを緩やかに回して走り出す。

五月の風はまだ少し肌寒かったものの心地よかった。ときおり草壁さんを確認しながら、市街地を抜け、海沿いの道を走り、臨海地区にある遊園地へと到着した。

休日は家族連れなども多いが、今日のような平日は暇な学生カップルと遠足の団体保育園児がいる程度の寂《さび》れたところだ。しかし公的資金でも投入されているのか、流《は》行《や》っていない割には花壇や植木などは小綺麗に整備されている。

「お一人様遊園地なんて、都賀さんもなかなかレベルの高いぼっちぶりですね」

「はあ？　草壁さんを連れてきたんだろ。お一人様じゃないから」

そう言ったものの、傍から見れば草壁さんの言う通り一人で遊園地にやって来た奴にしか見えないだろう。

「あ、いいこと思い付きました。あの売店に行って下さい」

「いきなり買い物？　乗り物乗らなくていいの？」

「いいですから。ほら、早く」

まるで手を引いて急かされるような気分になり、仕方なく売店へと向かう。

軽食の他にクッキーやらぬいぐるみなどの土産物も売っているようだ。とはいえ売る気があるのか怪しいくらいに魅力のないラインナップで、陳列もただ適当に並べただけという雰囲気が漂っている。

「これがいいです」

「え？」

「こっちですよ、都賀さん。このドレスを着たウサギさんです」

一瞬だけ半透明の姿を現した草壁さんがお姫様ドレスを着たウサギのぬいぐるみが山積みされた棚の前に立って手招きをしていた。

「これならストラップ人形と違って大きいから一緒にいる感が強いでしょ？」

「嘘だろ!?　勘弁してよ！」

思わず大きな声を出すと、退屈そうにしていたレジのおばさんが何事かと僕を見てきた。すでに草壁さんは消えている。

慌てて知らん振りをしたが店内に僕しか客がいないので誤魔化しようもなかった。

「平日の昼間に一人で遊園地に来ている男っていうだけでも痛々しいのに、なんでそんなものまで抱えなきゃいけないんだよ」

声を潜《ひそ》めて抗議する。

「私の気晴らしのために来てくれたんですよね？　だったら私も小さな人形より大きい方が嬉しいですし。なんならこの椅子に座った超巨大ウサギさんでもいいですけど？」

僕の身体の半分くらいの大きさのぬいぐるみの前に姿を現した草壁さんを見て血の気が引く。慌てて目の前の通常サイズのものを手に取ってレジに向かった。憂さ晴らしのために遊園地に連れてきたが、彼女的には僕を辱《はずかし》めるのが一番の憂さ晴らしのようだ。

「プレゼントですかって訊かれたら『自分への御褒美です』って答えて下さいね」

「うるさい」

ぬいぐるみと喋る僕を見てレジのおばさんは怪訝な目をする。残念ながら『プレゼントですか？』とは訊かれなかった。

「さてまずはフリーフォールからいきましょうか」

「いきなり？　最初から飛ばしすぎだって」

「じゃああっちのジェットコースターからにしますか？」

ガタガタガタと今にも崩れそうな不穏な音を立てて疾走するジェットコースターは心理的にも不安を煽る仕様となっていた。

「もっとメリーゴーランドとか空中自転車とか、そういう大人しめの選択肢はないの？」

「ぬいぐるみを抱っこしながらメリーゴーランドもなかなかキツいものがあると思いますよ？」

「……確かに」

「だったら絶叫系の方が人にじろじろ見られない分マシですって」

草壁さんの口車に乗せられ、フリーフォールとジェットコースターに連続で乗る。

その結果わずか開始三十分で芝生の上でダウンすることとなった。

「すいません。無茶させすぎました。こんなに乗り物酔いするなんて知らなくて」

傍らにウサギのぬいぐるみを置くと、草壁さんは申し訳なさそうに謝ってきた。どうやら珍しく本気で反省しているようだ。草壁さんのしおらしい態度が見られたのだから、乗り物酔いにも収穫はあった。

「ごめん。せっかく気晴らしに来たのにこれじゃ家でゴロゴロしてるのと大差ないね」

「ううん。家の中と違って気持ちいいです。ぽかぽかで暖かいし、風は心地いいし」

暑さ寒さすら感じられない幽霊にそんな感覚ないだろとツッコみかけたが、デリカシーに欠けるので口には出さなかった。

芝生はちくちくと痛いが、草や土の香りに心が安らぐ。メリーゴーランドから繰り返し流される音割れした安っぽい音楽も、この雰囲気で聴くと案外悪くない。

「そういえばこの遊園地ってお化け屋敷ないんですね？　場所借りて私がやってみようかな？」

「笑えない自虐ネタほどリアクションに困るものもないな」

機嫌がいいのか、僕への謝罪のつもりなのか、草壁さんはやけに饒舌《じょうぜつ》だ。

ぼんやりと景色を眺めていると次第に意識が途切れがちになって来る。うつらうつらとしてきた僕に気遣っている様子で、草壁さんは無言になった。

遊園地に来て早々乗り物酔いをしてそのまま昼寝をするなんて、カップルならば絶対に叱《しか》られる展開だろう。しかし僕たちはそんな間柄ではない。

静かにしてくれる草壁さんに感謝しながら、そのまま眠りに落ちていった。


——辺りが騒がしくなり目が醒める。

一瞬自分がどこいるのか分からなくて焦った。

(そうだ、絶叫マシンに乗って酔ってしまい、そのまま芝生で寝てしまっていたんだっけ)

気付けば僕の寝転んでいる芝生には沢山の園児たちが集まってシートを広げてお弁当を食べている。

ぬいぐるみを横に置いて寝る不審者丸出しの僕に、引率の保育士たちは怪訝な視線を向けていた。

「うわ。なんだよ、これ。起こしてくれればよかったのに」

「気持ちよさそうに寝てるんで起こしたら悪いかなと」

「変なとこは気を遣うんだね」

さっさとこの場を立ち去った方がよさそうだ。身を起こして草壁さんの憑依したぬいぐるみを手に取る。

「ねえ、そのウサギさん、お兄さんの？」

　二人の女の子が興味津々の顔で近付いてくる。どうやら草壁さんのぬいぐるみが気になるらしい。男の子なら無茶苦茶するかもしれないが女の子なら大丈夫だろう。

「このぬいぐるみで遊びたい？」

「ちょっと。やめて下さいよ」

　女の子たちは顔を見合わせて僕の問い掛けに戸惑っていた。

「はい。貸してあげるよ。乱暴にしちゃ駄目だよ」

「ちょっと！　都賀さんっ！」

「ありがとう！」

　二人は草壁さんを受け取ると頭を撫《な》でたり手足を動かしたりして遊ぶ。

「もうっ！　やめさせてください！　わっ!?　だ、駄目。そんなとこくすぐらないで！　きゃはははは！　笑ってないで助けてくださいよ！」

　感覚なんてないくせに草壁さんは奇妙な声を上げて悶絶《もんぜつ》している。

　子どもたちは憑依体であるぬいぐるみに触れているから草壁さんの声が聞こえているはずだが、驚いている様子はなくむしろ楽しんでいた。きっとそういうおもちゃだと思っているのだろう。無邪気なものだ。

「このウサギさんは『くるみちゃん』という名前なんだよ」

「へえ！　可愛い！」

「ほら、鼻のところを圧《お》し潰《つぶ》すと面白い顔になるよ」

「ちょっと！　呪い殺しますよ！」

調子に乗った僕に草壁さんが本気で怒る。

しかし子どもたちには大うけだった。僕に倣《なら》って鼻を潰したり耳を引っ張ったりして大笑いする。

「すいません。ほらミアちゃん、ココナちゃん、駄目でしょ。ウサギさんをお兄さんに返して」

保育士さんは謝りながら子どもたちを連れていく。でもその目はあからさまに僕を不審人物として疑っていた。なんだか居たたまれない気持ちになり早々にその場を立ち去る。

「バレたらどうするんですか、まったく」

「大丈夫だって」

軽率な行動を詰《なじ》るにしては、草壁さんの声はずいぶんと弾《はず》んでいた。普段僕としか喋らないから他の人とも絡めて楽しかったのだろう。

昼寝までしてすっかり体調は戻っていたが、さすがにその後は絶叫系の乗り物には乗らなかった。とはいえメルヘンチックな乗り物にぬいぐるみを持って一人で乗るのも、それはそれでなかなかの苦行だった。でもはしゃいだ声を上げる草壁さんを見ていると、今日くらいは恥を晒《さら》すのを我慢しようという気になる。

日もだいぶ傾き、遊園地内にはほとんど客がいなくなっていた。それをいいことに草壁さんは大胆にもぬいぐるみから飛び出してぷかぷかと浮いていた。

「じゃあ最後はあれだな」

観覧車を指差す。大きさだけはまずまずだが、風船やら虹などが描かれた昔ながらの観覧車だ。哀愁漂うそれは、傾いた日に照らされてより一層ノスタルジックな気配を醸し出している。

「え？　嫌です」

草壁さんは即答で却下する。乗る気満々で早歩きだった僕は身体も気持ちも前のめりに転びそうになった。

「なんでだよ？　遊園地での観覧車の立ち位置って、コース料理でいえばデザートだろ。最後はあれで締めないと」

「観覧車は彼氏と乗るものです」

「ということは草壁さんは生涯一度も観覧車に乗らずに死んだんだ？」

「はあ？　残念ですけど私にだって観覧車に一緒に乗る相手はいましたから」

「え？　彼氏いたんだ？」

草壁さんは「しまった」と後悔するように顔を顰《しか》めた。

「どんな人？」

「なんでそんなこと都賀さんに教えなきゃいけないんですか。セクハラですよ」

「逆になんで隠す必要があるんだよ。言えないくらい酷《ひど》い人だったとか？」

「違います。都賀さんとは正反対の、明るくていつも前向きで、誠実な人でした」

　恋愛に関しては煽り耐性がないらしく、むきになって反論してくる。意外と可愛いところもあるようだ。

「へえ。それは確かに僕と正反対だな」

「そんなにあっさり認められると、なんだかちょっと罪悪感を覚えます。都賀さんにもいいところはありますよ。視力とか」

　本気でフォローする気はないのだろう。相変わらず憎々しい奴だ。

「死ぬときまで付き合ってたの？」

「いいじゃないですか、そんな話は」

「もう一度、会いたくないのか？」

「だからそれは……会っても虚しくなるだけですから」

　部屋でときおり草壁さんが物憂げな顔で窓の外を眺めていたのを思い出す。あれはもしかするとその彼のことを思い出しているのかもしれない。

「虚しくたっていいだろ。彼氏だって最後に一言、なにか伝えたかったはずだ」

「伝えてなんになるんですか。意味ないです」

「小説書いてる奴の言うセリフ？　無駄と分かっても、届かないかもしれないって思っても、それでも言葉を伝えるのが作家の仕事だろ？　よく分かんないけど」

草壁さんは気持ちに蓋をすることで、何もかも自分の中に閉じ込めてしまおうと考えているのだろう。もしかしたら今の草壁さんはそうやって溜め込んだ負の力を小説を書く原動力にしているのかもしれない。他に安らぎや救いを見出すと執筆にかける情熱が失われる可能性もある。だとすれば草壁さんの心に鬱屈を溜めさせれば、よりよい小説を書かせる糧《かて》になる。

でも――

「よし。今から会いに行こう。僕が連れて行ってあげるから」

そんな餌《えさ》を無理矢理食べさせて豚を太らせるようなやり方じゃなくても、小説は書けるはずだ。

草壁さんは逃げるようにぬいぐるみに戻り、なんにも語らなくなった。でもその無言は拒絶ではない。なぜか僕はそれを確信していた。

日暮れの遊園地は既に僕たち以外の客は一人もいないかのように閑散としている。誰かの散らかしたポップコーンを啄《ついば》む鳩の群れを邪魔しないように出口へと向かう。

「彼の家はここからちょっと遠いんです。今から向かったら着く頃には日が沈んでるかもしれません。日を改めましょう」

バイクに跨ったところで草壁さんがようやく喋った。

「安心しろ。僕のいいところは視力なんだからな。暗くてもちゃんと見える」

「根に持つタイプは嫌われますよ」

低い声で笑いながら、草壁さんは彼氏の住所を教えてくれた。それを地図アプリに入力して行き先設定する。

振り返って眺めた寂れた夕焼け色の遊園地は、足腰が弱った老犬のような哀愁を感じさせていた。

この時間だとバイクを運転している最中は少し肌寒いかも知れない。鞄にしまっておいた風除《よ》けのナイロンジャケットを羽織る。

「よし、出発だ」

返事のない草壁さんを鞄の中にしまい、バイクを発進させる。

7

草壁さんの彼氏だった兼松基樹《かねまつもとき》が住む街は、どこにでもあるチェーン店や特徴のないビルを寄せ集めて作った無個性な景色だった。喩《たと》えるならCGで作った街に似ている。

駅前の駐輪所にバイクを停《と》め、徒歩で基樹の住むマンションに向かった。

「やっぱりやめましょう」

「今さら？　もう観念しなよ」

嫌がるのは想定済みだ。いちいち聞いていたらきりがない。無視して先を急ぐ。

「ひとつ都賀さんに謝らなければならないことがあります」

「まさか嘘の住所を教えたのか？」

「いいえ。住所は本当です。そうじゃなくて基樹は彼氏じゃなかったんです」

「そんなことだろうと思ったよ。彼氏がいるって見栄《みえ》を張りたかったんだな」

「見栄なんて張ってません。都賀さんが勝手に彼氏だって勘違いしただけです」

「まぁいいじゃない。片想いの相手でも会いたいんだろ？」

「片想いじゃありません。両片想いです。お互い観覧車に乗ってもいいと思える関係なんですから」

「観覧車に乗ろうというハードルなんて人それぞれだろ」

「観覧車に乗ったときはキスをしそうになったんです。まぁ私が恥ずかしくなってはぐらかしたので未遂で終わりましたけど。それ以外にも二人で出掛けることも多かったですし、気持ちは通じ合っていたはずです」

中学生の恋愛みたいな内容にむず痒《がゆ》くなってしまう。でもあまりからかうとへそを曲げてしまうだろうから僕の感想は差し控えておいた。

五分ほど歩いていると基樹が住んでいるというマンションが見えてきた。

「まさか部屋まで押し掛けるつもりじゃないですよね？」

「そのつもりだけど？　何号室に住んでるの？」

「教えません。そもそも面識もない基樹に会ってなんて言うんですか？『このぬいぐるみは亡くなった草壁久瑠美さんです』なんて言ったら恐らく警察に通報されますよ」

通報は大袈裟だろうが、そんな気味悪い奴にまともに取り合ってくれるとも思えない。

「じゃあここで張り込むか。出て来たら偶然を装って声を掛けてみよう」

「やっぱり今日のところは一度帰って作戦を立てましょう。こんな衝動的にすることじゃないですよ」

確かに草壁さんの言う通りだ。今日は諦めて日を改めようかと思ったとき、窓辺で物憂げに外を眺める草壁さんの姿が頭を過った。別れも告げられずにこの世を去った心残りや寂しさがあるのは間違いない。この機を逃してずるずると先延ばしにするのは良策とは思えなかった。

マンション近くの植え込みの縁に座ると、僕の決意に諦めたようでぬいぐるみから草壁さんが出てくる。その服装は僕の前では着たことのないタータンチェックのスカートと控えめなフリルが施された白いシャツだった。彼女のファッションは見せる相手によって変えるというのは本当だったらしい。

「こんなことされても私も基樹も迷惑です。そもそも都賀さんは基樹の顔を知らないんですよ？　張り込んだって私が知らん振りをしたらそれまでです」

服装を茶化されたくないらしく、僕がなにか言う前に早口で先制攻撃を仕掛けてきた。

「別にそれでもいい。草壁さんが一目その兼松基樹とやらの顔を見られれば」

「なんですか、それ。都賀さんってそんなお節介な情熱を燃やすキャラでしたっけ？」

確かにそうだなと自分の行動に違和感を覚えた。本人がしなくていいということを無理やりするなんて、普段の僕からは想像できない。でも窓辺の物憂げな草壁さんを見て、なんとかしてやりたいという気持ちに駆られていた。

「草壁さんのご自慢の男がどんな人なのか見てみたいんだよ。どうせ美化して僕に伝えてるんだろうからさ」

「なんですか、それ。相変わらず性格悪いですね」

素直に伝えられなくて、つい憎まれ口を叩いてしまった。既に日も落ちており、僕たちがいる場所は外灯もなく薄暗いので、通行人は草壁さんが半透明だということに気付いていない。

「二人はどういうきっかけで知り合ったの？」

僕の意志が固いと諦めたのか、それともはじめから話したかったのか、ゆっくりと彼との馴《な》れ初《そ》めを語り始めた。

「出逢ったのは大学に入ってすぐでした」

『春は出会いの季節』というスタートダッシュを促す宣伝文句は草壁さんのような醒めた人間をも毒す力があるようで、柄にもなくサークルの飲み会に参加したらしい。異文化コミュニケーションのサークルだったが、外国人はほとんどおらず実質日本人同士の飲み会だった。

ノリの良い新入生はすぐに打ち解けていたが、草壁さんは溶けの悪いココアのように浮いて壁際に座っていたそうだ。

僕にも経験があるから分かる。そういう場では馬鹿になることが大切だ。一度醒めてしまうと騒いでいる人がどんどん馬鹿らしく思え、更に浮いていってしまうものだ。

そしてその基樹という人も、そんなノリの悪いタイプだったらしい。草壁さんと同じように浮いて壁に背をつけて座っていた。目が合った瞬間、二人は意思が通じ合ったみたいに笑ったそうだ。

　意気投合した二人はそれからときおり会うようになり、互いの家を行き来する仲となり、小説を書いていることを話し、やがて異性として意識し合うになった。簡単に言えばそんな流れらしい。

「私はどうしても人付き合いで壁を作ってしまうんです。それを面倒くさいと思って関わってこない人がほとんどでした。でも厄介なのは『そんな壁、関係ない』と距離を無理矢理縮めてくる人でして」

「あー。いるよな、そういう人」

　珍しく意見が一致した。どこの世界にもそういう無神経な人間はいるものだ。勝手に関わってきて、仲良くしようとしてきて、そのくせ自分の理想と違うと勝手に怒ったり失望して立ち去っていく。騒がしく、気紛《きまぐ》れで、押し付けがましく、独《ひと》り善《よ》がりな、迷惑な人種だ。

「基樹はもちろんそんな押し付けがましい人じゃありませんでした。私のことを理解し、無理に近付きすぎもせず、かといって突き放しもしない。それに考えも私に近くて一緒にいて疲れない人でした」

　基樹を思い出す草壁さんは幸せそうだった。記憶も欠けた様子がなく、むしろ追加されているんじゃないかと思うほど饒舌だった。

いつも澄まして刺々しい草壁さんも、彼氏の前では可愛らしい女の子だったのだろう。それが微笑ましい反面、なぜか少し残念だった。

その可愛らしさを僕に見せないということへの嫉妬《しっと》ではない。むしろ逆だ。たとえ好きな人の前でも、草壁さんは常に無感動で無表情の、無機質な存在でいて欲しかったのかもしれない。

そんな身勝手な願望を押し付ける僕も、勝手に近寄ってきて仲良くなれるはずと決めつける迷惑な人たちと、ある意味同類なのかもしれない。

「草壁さんも人並みに女の子なんだと分かって安心したよ」

心にもないことを言うと草壁さんは「からかわないで下さい」と『女の子』のままの声で笑い、更に僕をがっかりさせた。

「じゃあなおさらちゃんと会って話をしないとね」

気持ちが入っていない言葉は軽いからか、簡単に言えるものだ。特に『きれいごと』というのは言っているうちに自分に正義があるような、軽い高揚感を覚える。

「話し掛けはしません」

「何で？」

「だってなにを言うべきなのか、全く思いつかないですから」

「好きだったって伝えればいいだろ」

「そんなこと伝えてどうするんですか？　言われた基樹だって余計悲しくなるだけです。今さら、どうにもならないんですから」

全てを諦めたような声でそう呟いた。いや、実際草壁さんはこの世のほとんど全てを諦めているのだろう。

現実世界という枠組みから退場した者として分別を弁《わきま》えている。ただひとつ、小説に賭ける情熱だけを持って、それ以外は全て諦めたような、そんな態度だった。

彼女の憂いに触れ、いい人ごっこで盛り上がっていた気持ちが一気に冷めた。

「一目見るだけで、いいんです。元気でやってるとこを見られたら。ううん、元気じゃなくてもいい。落ち込んでいても、疲れていても、ただ生きているところを見られれば、それでいいんです。それだって、死んでしまった私には贅沢《ぜいたく》なことですから」

「来るといいね」

僕は夜風が寒い振りをしてフードを被《かぶ》り、身を縮めた。草壁さんもしゃべり過ぎてしまったと反省するようにそれっきり黙ってしまった。

次第に風まで強くなってきてナイロンジャケットだけでは凍《こご》えそうになる。萎《な》えそうな気持ちを奮い立たせ、マンションの前での張り込みを続けた。もはや意地の問題だ。

「さっきから震えてますよ。もう帰った方がいいんじゃないですか？　風邪引きますよ」

　呆れ半分、心配半分の顔で草壁さんが声を掛けてくる。

「余計なお世話だ」

「余計なお世話なのは都賀さんの方です。もう充分ですから」

　せめて基樹が部屋にいるのか外出しているのかだけでも分かればいいのだが、この場所からは窓が見えない。もっとも窓が見えたところで彼が何号室なのか知らないから確かめようもないのだが。

　時刻は間もなく九時。そろそろ帰ってくるかもしれない。しかし家にいるとすれば出て来るかは怪しい。そもそも引っ越ししてしまい、もうここには住んでいないという可能性だってある。

「実はまた都賀さんに謝らないといけないことがあるんです」

「今度はなに？」

「基樹はさっきここを通り過ぎたんです。ちょっと寂しそうでしたけど元気にしてました。声をかけようかなとも思ったんですが、やっぱり悲しませるだけかなと思ってやめました。でも顔が見れただけでよかったです。会わせてくれてありがとうございます」

僕は隣に座る草壁さんをじっと見詰めた。

「嘘だな。気付いてないみたいだけど、草壁さんは嘘をつくとき少し早口になるんだよ」

草壁さんは悔しそうに大きな溜め息を漏らした。

「また日を改めて来ましょう。今日はもう家から出て来ないと思います。基樹は元々あまり外出を」

草壁さんはブツッと言葉を切り、目を大きく見開いていた。その視線の先を追うと大学生らしき男が歩いていた。真面目で優しそう。それだけしか印象に残らない顔立ちだった。

この人が兼松基樹だ。直感で分かった。

僕はいない方がいいだろう。

立ち去ろうとして呼吸が止まる。目に映った光景に血の気が引き、己の浅はかさを恨んだ。

基樹の隣に、同い年くらいの女がいた。それもひっそりと隠すように手を繋いで。

しかし本当に驚愕したのは、次の瞬間だった。

「ゆ、優羽っ……」

草壁さんは基樹ではなく、親友の名前を呼んだ。

驚きのあまり頭が真っ白になった僕を置いて、草壁さんは二人にふらふらと近づいていく。半透明姿の草壁さんに気付いた二人はビクッと震え、顔を青ざめさせて硬直した。

「そんなっ……そんなの嘘っ。優羽、どうして……どうして優羽が基樹と？」

「うわっ!?」

基樹は慌てて繋いだ手を離し後退《あとずさ》り、優羽は怯えた目で草壁さんを見詰めていた。眼鏡をかけていると聞いていたが、コンタクトに変えたようだ。化粧や髪型が草壁さんに酷似しているのが、なぜだかゾッとさせられた。

「く、久瑠美……久瑠美なのっ!?」

「私が訊いているの。ちゃんと答えて。なんで優羽と基樹が手を繋いでいるの？　二人は付き合っているわけ？」

優羽は頬を引《ひ》き攣《つ》らせて悲鳴を上げる寸前のような顔をしている。幽霊を見て驚いている、というだけの表情ではないのは明らかだ。

「違うんだ、久瑠美」

「なにが違うの？　基樹、いま優羽と手を繋いでたよね？」

草壁さんは笑っていた。でもそれは二人の思い出話を僕に話していたときの笑顔とはまるで違う種類の笑顔だった。

口許を歪め、眉間にしわを刻み、目は涙で潤ませて、笑っていた。想像していたのとはまるで違う再会になってしまった。

「二人は付き合ってるの？　基樹のマンションにまでやって来て……二人はもうそういう関係なわけ？　答えてよっ！　ねえっ答えてっ‼」

「きゃあっ！　ごめんっ！　ごめんなさいっ！」

優羽が耳を塞《ふさ》ぎ蹲《うずくま》り、それを庇《かば》うように基樹が腕で覆った。それを見た瞬間、草壁さんは目にためていた涙を頬に伝わせ、夜の闇に紛れるようにスーッと消えてぬいぐるみへと戻っていった。

二人は驚いたように辺りを見回し、慌てた様子でマンションへと逃げていく。一瞬僕とも目が合ったが、当然なんの反応を示さなかった。

残された僕と草壁さんは言葉もなく、しばらくそこに立ち尽くしていた。

草壁さんが亡くなり、親友と片想いの人が付き合い始めた。

簡単に言えばそういうことなのだろう。

でもその結果だけを見てあの二人を非難するのは早計すぎる。恐らくその間には僕たちが見ていないシーンが幾つもあるはずだ。

親友を亡くした優羽と、恋心を抱いていた相手に先立たれた基樹。二人の傷は浅くはなかったに違いない。胸を八つ裂きにされるような悲しさ、埋めようのない喪失感。それがあったことは間違いないだろう。

保険金詐欺のコンビじゃあるまいし、草壁さんがこの世を去ったその夜に祝杯を挙げるように肌を重ねた訳じゃない。

草壁さんが非業の死を遂げたことでそう簡単に癒《い》えない傷を負った二人。その二人が互いを慰めあったことは想像に難くない。そしてそんな慰め合いの延長線上で、恋に似た何かで結ばれることがあっても、それは責められないことだ。

しかしそんなことを今この場で草壁さんに理解しろと言うのは、あまりに酷だ。

「ごめん」

僕が今すべきことは、謝ることしかない。でも語彙《ごい》力もコミュニケーション能力もない僕から出てきたのは、たった三文字のそれだけだった。

「だから私は会いたくなんてないって言ったんです！」

いつもの草壁さんからは想像できない、感情を爆発させた声だった。

「なにが『会って言葉を伝えろ』ですか！　いい人ぶって気持ち良かったんですか!?」

偽善を糾弾され、反論の言葉もなく俯いた。見なくていいものを見せて、彼女の大切な思い出まで穢《けが》してしまった。

しかも思い出というものの大切さが、生きる者と死んだ者とでは遥《はる》かに違う。どんなに大切な人を失ったとしても、生きている人には生活があり、生活を続けていけば否が応でも思い出は増えていく。でも死んだものにはそれがない。死んで魂だけになってしまった草壁さんには、もう思い出が増えることはない。そんな大切なものを穢してしまった罪は、計り知れないくらいに重かった。しかも彼女の記憶は辛い思いをするたびに消えてしまう。

「本当にごめん。取り返しのつかないことをしてしまった」

ぬいぐるみに隠れた草壁さんに深々と頭を下げると嗚咽《おえつ》が聞こえてきた。

「触らないで」

鞄の中にそっと草壁さんを入れ、その場を立ち去る。もう聞こえないはずなのに、耳の奥では草壁さんのむせび泣く声がこびりついていた。

8

翌朝はカーテンの隙間から差し込む日射しで目が醒めた。

「おはよう」

ドールハウスを開けてぬいぐるみに声を掛けたが返事はなかった。まさか昨夜のことがショックで成仏して消えてしまったのだろうか。

「草壁さんっ！　どうしたの、返事して！」

「そんな大きな声を出さなくても聞こえてますよ」

草壁さんはうるさそうにぬいぐるみから出て、半透明の姿を現した。泣き腫らしたその顔は、幽霊に使う言葉として適切なのかは分からないが、生気がなかった。

「よかった。消えたのかと思ったよ」

まさか幽霊を見て安堵する日が来るとは夢にも思わなかった。

「昨日は、その、すいませんでした」

草壁さんは表情を見られたくないのか、俯いて長い髪で顔を隠す。悪気はないのだろうが、そうするといよいよ怨霊じみてくるのでやめて欲しい。

「謝るのは僕の方だ。余計なことをして済まなかった。さあ顔を上げて」

オカルト的なことに詳しくはないが、昨日の出来事で怨霊と化してないとも限らない。

僕は距離を取りつつ刺激しないように微笑んだ。

「都賀さんは別に悪くありません。悪いのは、死んでしまった私なんですから」

「誰が悪いとか、そういうことじゃない。仕方のないことだろ」

「そうですよね。それにむしろ基樹と付き合ったのが他の誰かじゃなくて、優羽でよかったです。優羽はすごくいい子だし、基樹はとても素敵な人だから。二人とも私が死んで絶対悲しかったはずです。本当に悪いことをしたなって思う。失意の中できっと二人は慰めあったんですよ。私が引き合わせたから二人は顔見知りだったし。優羽なんて基樹を見て『イケメンだね』って言ってたし。昨日は怯えたように逃げて行ってしまいましたけど、当たり前ですよね。あれは後ろめたいものがあったからじゃなくて幽霊として現れた私に驚いただけです。二人を驚かせるようなことをして申し訳なかったなって反省してます。本当は二人におめでとうって言って──」

「もういいよ」

舌が追いつかないほどの速度で捲《まく》し立てる饒舌な草壁さんを見ているのが辛すぎた。

嘘をつくとき早口になる癖があるってことを昨日教えたばかりなのに、もう忘れてしまったのだろうか。

「無理に物分かりがいいようなこと言って頑張らなくていいから」

「なに偉そうに語ってるんですか。私のことなんて、何も知らないくせに」

草壁さんは顔を悲しみで歪ませ、息を詰まらせながら嗚咽していた。草壁さんの言う通り、僕は草壁さんのことをなんにも知らない。そんな僕に出来るのは、彼女が紡《つむ》ぐ物語をタイプすることと、涙が止まるまでそばにいることだけだった。

『作家は書くことによって救われる』

そんな言葉を耳にしたことがあった。

いつ聞いたのかは覚えていない。国語の授業だったような気もするし、ネトゲで知り合った三十歳過ぎの引きこもり気味な作家志望の人が言っていたような気もする。

いずれにせよそれを聞いたときピンと来るものはなかった。

しかし今はそれが分かる。親友と片想いの相手が付き合っているのを目撃したあの日以来、草壁さんはより一層小説を書くことに取り憑かれていた。

しかも皮肉なことに悲しみを知った彼女は主人公の悲哀を美しくも切なく描写できるようになった。うわべだけでなく、内面を抉《えぐ》ったような表現は見事だった。図らずも負の感情を蓄積させて、いい文章を書けるようにしてしまった。でもきっとこれなら編集長が求めてきた要求もクリアできるだろう。

書いている最中、草壁さんは活《い》き活《い》きとしていた。体内に溜まった毒を吐き出すように思いを文字に変えていく。それに伴い展開の方も増えてきて、物語に起伏が生まれていた。

でも二股をかけるヒロインの名前を『優羽』に、最後にフラれる主人公の名前を『基樹』に変更したのは、いかがなものだろうか。

「やっぱり最後に優羽、このヒロインにも天罰が下る結末の方がいいと思うんですけど、どう思います？」

「さすがに結末まで変えたら宇佐美さんに怒られるだろ。それに優羽と基樹の名前をそのまま使っても大丈夫？　もし彼女が読んだら勘付かれるかもよ？」

「優羽が？　読まないと思うけどなぁ」

「なんで？　彼女は読書家なんでしょ？」

「私そんなこと言いましたっけ？　あんまり優羽が小説を読んでいた記憶はないんですけど」

「えっ……？」

不思議そうに首を傾げる草壁さんを見て、心の奥がヒヤッとした。

「優羽さんは草壁さんの小説を読んでいたことがきっかけで仲良くなったんだろ？　君が『草壁久瑠美』だと知って驚いていたって言ってたじゃないか」

「それはないですよ。私は小説家っていうことを優羽や基樹にも隠してましたから」

「そんなっ……」

記憶が消えていっている。

恐らく優羽や基樹に対する不信感が美しい思い出まで穢してしまったのだ。そして大切な思い出ではなくなった彼らの記憶が消えようとしている。

このままではどんどん記憶が消えていき、次第に小説のことも忘れ、しまいには自分が何者であったのかも忘れ、本当に怨霊になってしまうかもしれない。

「さあ、さっさと続きを書こう。ノッているときに書くのが一番だ」

「へぇ。都賀さんもたまにはいいことを言いますね」

草壁さんは小説を書いているときだけは活き活きとしている。彼女をこの世に繋ぎ止めるためには小説しかないのだろう。


悲しみを覚えた草壁さんからはその後も次々とアイデアが生まれた。それ自体はいいことだが、書き直すのは結構大変だ。小説作成用エディターツールのお陰で大筋の矛盾はないように確認できるが、やはり細かい修正は見直さなければならない。

「あー、座りすぎて腰が痛い」

座ったまま伸びをする。

「人間は不便ですね。私みたいな霊体になると同じ姿勢でも疲れないし、お腹が空くことも、眠くなることもありません。霊は最高ですよ。何にも触れられなくて、次第に記憶が薄れていって、みんなからも忘れ去られること以外に悪いことはありません。都賀さんもなってみたらいかがですか？」

「僕まで幽霊になったら誰がキーボードを打つんだよ」

両手を伸ばした姿勢のまま窓の外を見ると、いつの間にか夜が白みだしていた。

時計を見ると午前五時を過ぎたところだった。

「結局徹夜か。もう今日は大学の講義は休みだな」

空模様を見る限り今日は晴れのようだ。梅雨でこのところぐずついた天気が続いていたから久々の青空だ。まぁこのまま昼過ぎまで寝る予定の僕にはどうだっていいことだけど。

「せっかくですから朝のお散歩に行きましょう」

「一人で行って来て。僕はもう寝る」

「朝の景色って爽やかで綺麗ですよ」

「立場を弁えろ。幽霊の言うセリフじゃないぞ、それ」

その場でごろんと転がり、近くにあったクッションを頭の下に敷く。

「行きましょうよ」

「分かったよ。でも一旦寝てからね」

「朝じゃないと駄目な景色なんです」

いつになく草壁さんは積極的だった。

「富士山のご来光じゃあるまいし。どこに行くんだよ」

「私の死んだ、交通事故現場です」

「は？」

予想外の言葉に驚いて身を起こした。草壁さんは静かに、そして真っ直《す》ぐに僕の顔を見ていた。

「私は早朝、日が上る時間にジョギングをしていて、車にはねられて死にました」

早朝で人もほとんど歩いていない中、事故現場へと向かう。草壁さんは姿を現して僕の隣を浮かび、人影が見えたら急いでストラップに隠れていた。

二十分ほど歩くと目的の場所に辿《たど》り着く。緩やかなカーブの上り坂で、前方には空き地が広がっていた。空に浮かぶ雲が朝日に照らされて茜《あかね》色に染まって見える。

この景色に草壁さんも、事故を起こした運転手も、目を奪われたのだろうか。

確かに美しいが、それを見てから死ねと言われるナポリの海岸線のような優美さはない。日常の景色がいつもより穏やかで、ちょっと表情豊かに見える、その程度の美しさだ。

「ここが私の人生、最期《さいご》の場所です」

半透明の草壁さんが静かに呟く。事故現場には薄汚れた花瓶が置かれていた。誰かお参りには来ているのか、活けられている花は萎《しお》れてはいない。その花の鮮やかさだけが唯一の救いだった。

そしてガードレールの上には草壁さんがここで命を落としたことで設けられたであ

ろう「脇見運転注意」の標識が設けられていた。

彼女の命と引き替えに設置されるにはあまりにお粗末なそれは、一年弱の時を経て排ガスで黒ずんでいた。

それを見て、なぜだかひどく草壁さんの死が冒瀆《ぼうとく》された気分にさせられた。

「こんなに汚れて……」

僕は衝動的に着ていたシャツを脱ぎ、標識の汚れを拭く。

「ちょっと？　なにしてるんですか！　やめて下さい」

上半身裸だが、こんな早朝に歩いている人はいないので気にもならなかった。

しかし汚れは乾拭きしたくらいでは到底落ちず、ねっとりとしたヤニのような黒ずみを伸ばしてしまっただけだった。

ドロドロに汚れたシャツを持つ僕の隣を、制限速度を軽くオーバーした車が通り過ぎていく。ちらっと見えた運転手の男は僕を見て驚いた顔をしていた。本当に驚くべきは半裸の男ではなくその隣にいる半透明の女性なのだが、きっと車を運転していたらそんなところまでは見えないのだろう。

「シャツが駄目になっちゃいましたよ。もったいない」

非難がましい言葉の割に、草壁さんは少し嬉しそうに笑っていた。

途中で買ってきた線香に火をつける。初夏の朝の湿気を孕《はら》んだ青臭い空気の香りと、線香の煙たいのに清々《すがすが》しい香りが混ざって鼻腔《びこう》を刺激した。幼い頃の休日の朝を思い出させる匂いだった。

草壁さんは気持ちよさそうに目を閉じ、大きく息を吸っていた。

「どうした？」

「線香の香りがとても心地いいんです。心が安らいで、胸がいっぱいになっていく感じがします。生前はこんなの感じたことないのに」

「へぇ。そういうものなんだ」

仏壇や墓前で線香を焚《た》くというのは霊にとって意味のあることだったらしい。これからたまに部屋でも線香を焚いてあげようと密《ひそ》かに思った。

持ってきていた小瓶に細い煙を上らせる線香を挿し、しゃがんで手を合わせる。

「自分のお参りをする人を見るのってなんだか不思議な感覚ですね」

「『偉大なる作家、ここに眠る』とか看板でも作ろうか？」

「やめて下さい。こんなところで眠ってなんていません」

「偉大なる作家のところは否定しないんだな」

相変わらず自己評価の高い奴だ。

「あーあ。朝のジョギングなんてするんじゃなかったですね。健康のためにはじめたのに、まさか死ぬとは思っていませんでした」

「みんな死ぬとは思ってなくて死ぬ人ばかりだろ」

哲学の講義で聞いた『メメント・モリ』という言葉を思い出す。自分がやがて死ぬものであることを忘れるなという意味だ。確かに僕は自分がいつか死ぬ存在であることを忘れて今を生きている。

「私はもう、成仏した方がいいんでしょうね」

きっとこの一言を言うために僕を事故現場なんかに連れて来たのだろう。

草壁さんは空を見上げて静かに目を閉じる。もしかすると自力で成仏しようとしているのかもしれない。そんな気配を感じて、僕は焦る。

「そんなに弱気になるなよ。『君にダリアの花束を』を完成させて世に送り出したいんだろ？　もう少しなんだから頑張ろう。僕も頑張るし」

慌ててそう告げると草壁さんは目を開け、少し驚いた顔をして僕に振り返った。

「な、なんだよ。そんな驚いた顔するほどのこと？」

「いえ……珍しく優しいこと言うんだなって。ありがとうございます」

「失礼な。僕はいつでも優しいだろ」

「そうですね。成仏できない幽霊のために小説を書くのを手伝ってくれているんですし」

にっこりと笑ったその顔は朝日も手伝ってやけに眩しく見えた。不覚にも動揺してしまい、目を逸らして心を落ち着ける。

「よし、じゃあ帰って寝よう」

Tシャツを片手に立ち上がる。そろそろ通勤などで人も増える時間だ。上半身裸なんかで歩いていたら本気で通報されるかもしれない。

「きゃっ!?」

突然背後で短い悲鳴が上がった。慌てて振り返ると気の弱そうな丸顔の女性が怯えた様子で半裸の僕を見ていた。草壁さんは慌てて人形の中へと戻るが見られてしまったかもしれない。

彼女の手にはささやかながら花束が握られていた。きっとこの子が花を供えてくれていたのだろう。草壁さんの生前の友達なのかもしれない。

「驚かせてごめん。僕は、その、草壁久瑠美に線香を上げに来ただけで」

「裸で言っても説得力ないですよ、きっと」

草壁さんの冷ややかな指摘通り、その子は怯えた様子で逃げていってしまった。

「あの子は草壁さんの友達?」

「ううん。違います。見たこともない人です」

「そっか。じゃあきっとファンの子なんだね」

「そうかもしれません」

そう呟いた草壁さんの声は、ちょっと自慢げで、弾んでいた。彼女がこの世を去った後の世界でも、忘れずに敬愛してくれている人はいる。それを教えてくれたファンの背中に小さく頭を下げた。

「生前はサイン会でファンの子と握手とかしてたの？」

「まあ、そんなこともありましたけど」と草壁さんは歯切れ悪く答えた。

「なんだか私の過去ばっかり明らかになるのはアンフェアです。都賀さんはこれまでどんな半生を送ってきたんですか？」

「僕のことはいいだろ」

触れられたくなくてやや語気が強くなってしまう。

「よくないです。考えてみれば私は都賀さんのことをなにも知りません」

「なんにも話すようなことがないからだよ」

「その肩の傷も、話すほどのことではないと言うことですか？　足首にも怪我《けが》の跡がありますよね？」

なにかを見透かしたように指摘され、慌てて手で肩の傷を隠した。

うっかり草壁さんの前で肌を晒してしまったことを悔いる。痛みなどあるはずもない肩や足首の古傷が、ぼんやりと熱を帯びて痺《しび》れる錯覚を覚えた。

「僕の話なんて、聞いても何にも面白くない」

この傷痕については大学に入ってから誰にも話したことがない。今後も一切、誰にも話すつもりもなかった。

「聞かせてください。知りたいんです、都賀さんのことを、もっと」

一生誰にも話すまいと思っていた自分の過去だが、草壁さんにだけは話してもいいかと思った。恰好《かっこう》つけた言い方をすれば、それは理由は違えど苦しみを持つ者同士のシンパシーだったのかもしれない。

9

——僕の人生に輝ける山場があるとするならば、それは間違いなく中学の頃だろう。

小学生の頃に友達に誘われサッカー教室に通い、すぐに才能が開花した。評判は広まり、サッカーをしている近隣の人の間ではちょっとした話題になるほどだった。中学校ではもちろんサッカー部に所属し、中心選手として活躍した。

男子からも女子からも慕われ、常に人の輪の中心にいた。僕はそれを当たり前のことのように思い、疑いもしなかった。今の僕からは想像もつかないが、中学時代の僕は本当に明るくて自然と周りに人が集まってくるタイプだった。そして僕もやって来る人たちと上手に付き合っていた。

高校はサッカーの強豪校の推薦入学だった。僕はなんの迷いもなく、自分の前に敷かれて当然のレールとして、それを受け入れた。それが転落への一歩とも知らず。

　さすがに名門校だけあり、これまでのように頭抜けた存在とはならなかった。とはいえ一年でレギュラーに選ばれるだけの実力はあった。あの頃の僕が謙虚という言葉を知っていれば、事態は変わっていたかもしれない。しかしそれまで常に輪の中心におり挫折も知らなかった僕は、人の痛みも苦しみも分からない傲慢《ごうまん》な人間になっていた。

　一年にレギュラーを奪われ、上級生の何人かが鬱屈した思いを抱えていることは薄々気付いていた。しかし人の嫉妬がどれほど怖ろしいものかまでは理解していなかった。

　別に僕は狡《ずる》いことなどしていない。実力勝負の世界は結果がすべてだなどと、偉そうに考えていた。

　――そして悲劇は起こった。

　部活の帰り道、僕たちは自転車で河川敷を走っていた。街灯も少ないその道は、辺りが暗くてなにも見えない。長い直線に差し掛かり、僕たちはいつも暗黙の了解で自転車レースをしていた。誰かが力いっぱいペダルを漕《こ》ぎ、そのあとをみんなが追い掛けるというしょうもないレースだ。

　目一杯ペダルを漕いでスピードが最速になったそのとき、突然横から蹴っ飛ばされた。

　誰にされたのかも分からないし、確認する暇もなかった。バランスを崩した僕はふらつき、間の悪いことに後ろにいた人も巻き込みながら土手を転がり落ちた。そして肩と脚に大きな傷を負った。特に足首の方は一緒に転げ落ちた人にのし掛かられ、複雑骨折になってしまった。

「それから地獄の始まりだった」

　部屋についた僕は汚れたシャツをそのままゴミ箱に捨て、適当に出したシャツを着た。

「サッカーはもう二度とまともに出来ない。医者にそう言われたよ」

「そんな……ひどい」

「やった奴も、そこまでするつもりはなかったんだろうけどな」

　草壁さんは悲痛な面持ちで靴下に包まれた僕の足首を見た。

「けどサッカーが出来なくなったって死ぬわけじゃない。諦めて他のことをして高校生活を送ればいい。そう思うだろ？」

　草壁さんは反応に困ったようにあやふやに頷く。

「ところがそうはいかなかった。僕はサッカー推薦で入学した。部活を辞めることは、許されなかったんだ」

「え？　でももうプレイできないんですよね？」

「うん。でも退部は認められなかった。創立して間のない歴史の浅い学校だったから単にそういう前例もなかったということもある。とにかく僕の退部届は、受理されなかった」

練習すら出来ないのにサッカー部に所属する僕に出来るのはボールの管理やユニフォームの洗濯など、下働きくらいだった。

怪我した当初こそ同情的だった部員たちも、次第に僕を見る目が変わっていった。虹も二時間出ていれば誰も見なくなるのと同じで、同情だっていつまでも続かない。元々サッカー推薦で入学したというのもよくなかった。

同情が次第に風化して日常になり、そして蔑《さげす》みへと変わるまで大した時間はかからなかった。

「犯人はどうしたんですか？　都賀さんは故意に怪我をさせられたんですよね？　だったら犯人を捕まえないと」

「証拠なんてないさ。暗闇で蹴られたんだし。もし見ている人がいたとしても名乗り出てくれることもなかった。生意気で嫌われていたからね。僕が勝手に転んだことにされた。それどころか一緒に転げ落ちた人まで、僕のせいで怪我をしたと陰口をたたくようになったんだよ」

悪いことはそれだけではない。うちの高校は有名な進学校だった。頭が悪かった僕は真面目に勉強をしたところで付いていくのがやっとで、常に最下位争いをしていた。

「サッカー推薦で入学しておきながらサッカーも出来ず、学力は底辺。おまけに元々わがままで自分勝手な性格だったのに怪我をして捻《ひね》くれて手に負えない状況だ。友達なんて一人も出来なかった」

怪我をしてからほぼ二年間、誰とも会話をせずに暮らした。更に中学時代の友達とも連絡を断ちきった。落ちぶれた姿を見られたくないという理由で。

「大学に入っても僕の歪んだ性格は変わらなかった。落ちぶれた今を認められないからだろう。僕はこんな人間じゃない。もっと華やいだ人生のはずだった。仕方のないことだとわかりつつ、何もかもが馬鹿馬鹿しくなった。そして今では真面目に生きる気力も湧かない有様だ」

僕のこれまでの人生を聞いた草壁さんの表情は不快な画像を見せられた人のように歪んでいた。

「ね？　僕の話なんて聞いてもつまらなかっただろ？」

「都賀さんも私みたいに記憶が消えていけばいいのに。そうすれば不快なことを思い出すこともありませんし」

「はは。なるほどね。でも記憶がなくなったところで現状は変わらないだろ」

「現状は悪くないじゃないですか。こんな美人小説家とベストセラー間違いなしの小説を創り上げているんですから。本来なら私みたいな才女と都賀さんは関わることすらできないんですよ？」

「どんどん自己評価が上がっていくな」

　草壁さんはきっと僕を慰めてくれているのだろう。憎まれ口や冗談を挟まないと照れくさいという性格は嫌いではない。

「華やかな過去の記憶のせいで『あり得なかった未来』に想いを馳《は》せすぎているんです。過去のことは忘れて、今の現状をよく見詰め直してください。そんなに悪いものじゃないはずです」

「幽霊に取り憑かれている現状がそんなに明るいものだとは思えないけどな」

　悔しいけど草壁さんの気遣いが嬉しかった。心の中で「ありがとう」と感謝を述べてベッドに寝転ぶと、数秒後には激しい眠気に襲われて落ちるように眠っていた。

　バイトの上がり時間。バックヤードで羽織っていた制服を脱いでいたところに翠川さんが入ってくる。

「私、決めたっす」

唐突にそう言うと一重の目を細めて猫のような顔で笑った。

「決めたってなにを？」

「やだな忘れたんですか？　奢ってもらうものっすよ」

口調も内容も構ってもらいたがる男の後輩のようだ。馬鹿馬鹿しくて思わず笑ってしまう。

「奢るなんて約束してないんだけどな」

「居酒屋がいいです」

「居酒屋？　でも翠川さんってまだ十九歳じゃなかったっけ？」

僕の質問に彼女は「ふふふっ」と芝居じみた笑い声をあげた。

「私が永遠の十九歳だと思いました？　夢を壊して申し訳ないですけど来月には二十歳になるんですよ！」

二十歳の意味なのか、単に喜びの表現なのか、翠川さんはピースサインをぐいっと僕の眼前に突き出した。

「まぁそれならお祝いの意味もこめて奢るよ」

「やった！　あざーっす！」

他人と距離を置こうとする僕だが、なぜだか翠川さんにはあまり抵抗を感じない。それは恐らく彼女からも僕と似た『はみ出し者』の空気を感じるからだ。独特の緩い雰囲気の中にどこか屈折したものがあり、それが僕には心地いい。

「でも居酒屋でいいの？　焼き肉とかお寿司って言ってなかったっけ？」

「あんまり高いものだと都賀さんに悪いし。それよりはもっとカジュアルに楽しめるところの方がいいっす」

「カジュアルねぇ。そうっすか」

口調を真似ると馬鹿にされたと感じたのか「真似しないで下さい」と唇を尖《とが》らせる。ちなみにその声は普段の惚《とぼ》けた感じとは違い、ちょっと女の子っぽかった。

「そういえば読みましたよ、草壁久瑠美の小説」

翠川さんはコンビニのユニフォームを脱ぎ、鏡で前髪を弄りながらそう言ってきた。そういえば以前翠川さんにその話をしていたのを思い出した。わざわざ読んでくれたらしい。

「どうだった？」

「私にはちょっと合わなかったかな。なんか、こう、キラキラしすぎっていうか」

「キラキラ？」

「簡単に言うとリア充臭が激しすぎ。あんな明るい青春の話をされても共感できないっすね」

個性的な翠川さんはやはり個性的な高校生活を送ってきたのだろう。そういう人間からするとああいう真っ直ぐな青春のお話というのが受け入れがたいのは理解できる。

「きっと作者の草壁久瑠美ってリア充全開だったと思う。そんでケータイで小説書いて作家デビュー。『うち、最強じゃね？』的な」

「どうかな？」

無愛想で友達も少なかった草壁さんを知っている僕は笑いを堪《こら》える。

「絶対そうっすよ。友達と放課後にサーティワン行ったり、文化祭でコクられて彼氏できたり、クリスマスは大人数でパーティーとかしてそう。てか絶対してる」

「そうとも限らないって。むしろそういうのに憧れてるから書いてるだけで、本人はじめーっとした暗い青春送ってたかもよ。その憧れの反動であああいう小説を書いているとか。東京出身じゃないアーティストが歌う東京の方が華やかで夢があるのと同じようにさ」

翠川さんは「ないない」と笑って手をパタパタさせている。一度あの覇気《はき》のない根暗《ねくら》な草壁さんに会わせてやりたいものだ。

10

主人公やヒロインの悲哀や苦悩を盛り込み、物語に起伏をつけた原稿が完成し、新たなプロットと共に宇佐美さんにメールで送った。

　その翌日に大学の構内から宇佐美さんへと電話をする。草壁さんがいないところで電話をしたのにはもちろん理由があった。

「プロットと原稿、拝見いたしました。まだ全部は読めてませんがプロットを拝見する限り、とてもいいと思います」

「ありがとうございます。ってまぁ、草壁さんが頑張ったからなんですけど」

「そんなことないですよ。都賀さんのおかげでもあるんです」

「僕は言われるままタイプしただけです」

　別に謙遜《けんそん》したわけでもなくそう答えると受話器の向こうで宇佐美さんが笑った。

「草壁さんは私や編集長が問題点を指摘してもあまりこちらの要望通り直してくださらなかったんです。その代わりに更にいい展開や人物像を作り上げて。それがあまりにいいから私たちも認めざるを得ないという力業でした」

「へぇ。なんだか彼女らしいですね」

　僕だけじゃなく色んな人を振り回していたんだなと思わず苦笑した。

「それが今回ちゃんとこちらの要望通り直してくださったのは、きっと都賀さんのおかげです」

「さぁ。それは分かりませんけど」

なんだか照れくさくて雑な返事をしてしまう。

「これで今度の編集会議に提出してみます。ありがとうございました」

「そのことなんですけど、可能な限り早く編集長の了承を得られないものなのでしょうか？」

「もちろん努力しますけど、なにか事情があるんですか？」

察しのいい宇佐美さんは僕の真剣な声を聞いてそう訊ねた。

「実は草壁さんの記憶はどんどん消えていってしまうみたいなんです」

つい最近まで覚えていた親友に関する記憶を失ってしまったことなどを伝える。もちろん片想いの相手と親友が付き合っていた事実などは話さず、ぼやかした表現で。

記憶がなくなっても既に原稿としてデータを残しているので大きな問題はない。しかし小説とは自らの経験や感じたことを元に書くはずだ。記憶がなくなってしまえばストーリーは描けても精彩を欠くものになってしまう可能性がある。

「記憶がなくなってしまうなんて、そんな……いつくらいの記憶まで消えてしまっているんですか？」

「時系列で古い順に消えるわけではないみたいなんです。どうも何か辛い経験をするとそれに関する記憶が欠損するようなんです」

まだ記憶がそれほどなくなっているわけじゃないことを伝えると、受話器の向こうで宇佐美さんがほっとした吐息を漏らすのが聞こえた。

「分かりました。では会議前から編集長に働きかけてみます」

宇佐美さんは力強い言葉で約束してくれた。

草壁さんの記憶はあとどれくらい持ってくれるのだろうか。この小説を完成させて世に送り出すまで、時間との勝負だ。

記憶が消えてしまった彼女がどうなってしまうのかは、今は考えたくなかった。とにかくそれより先にあの作品を完成し、草壁さんを成仏させてやらなくてはいけない。


宇佐美さんから連絡メールがやって来たのはその電話をしてから二週間後だった。編集長にプロットだけでなく原稿の第一章部分まで読んでもらい、決済を取りにいってくれていた。原稿を読んだ編集長の感触はとてもよかったそうで、条件付きだけれど概《おおむ》ね了解を得られたとメールには書かれていた。

「よかったね、草壁さん！」

宇佐美さんの尽力に感謝しつつ、草壁さんに笑いかける。しかし彼女は渋い顔をしてメールの文章を見詰めていた。

「どうしたの？　これで編集会議は通りそうなんだよ。もっと素直に喜んだら？」

「それはそうですけど……条件というこれが納得いきません」

草壁さんが指さしたのは『文章をもっと平易に分かりやすくして欲しい』という編集長の注文だった。具体的に言うと、一文を短く、複雑な表現は控え目にして、逆に説明はもう少し丁寧にするということらしい。

「それくらいすればいいだろ。まぁ書き直すとなると全体的にやらないといけないから大変なのはわかるけど」

「大変とかそういう問題じゃありません。これじゃ私の小説としての良さが失われると言ってるんです」

「それはある程度仕方ないことだろ？　草壁さんが凝った表現が好きなことは知っているけど、それを譲らないばかりに出版できなければ元も子もない」

「私は書きたいことも書けない作品を世に出す方が元も子もないと思いますけど？」

口調は静かだが怒りが沸々《ふつふつ》とこみ上げている。最近では草壁さんのそういった心の機微にも詳しくなってきた。わがままアイドルのマネージャーにでもなった気分だ。

でも僕は宥《なだ》めすかしながらおだててやる気を出させるマネージャーではない。一応は共に作品を作っているパートナーという自負が芽生えつつあった。

「分かった。じゃあ僕が勝手に直す」

「小説なんて書けないくせに。私の作品を勝手に弄らないで下さい」

「私の作品？　そりゃ確かに草壁さんが考えて紡ぎ出した物語かもしれない。でも僕はただのタイプライターか？　一緒に読んで、一緒に書いたり直したりしたと思っていたのは僕だけか？　この作品は『僕たちの作品』じゃないのか？」

私の作品という言葉を聞いて、僕の心の中には怒りよりも呆れや虚しさが去来した。言い過ぎたと思ったのか、草壁さんも顔色を変えていた。

「それは……売り言葉に買い言葉というか……別にそういう意味で言ったわけではありません」

「本心が漏れただけだろ。別にいいよ。草壁さんにとって僕は音声入力アプリのようなものなんだから」

「……すいません。私の作品を勝手に弄るなっていうのは、言い過ぎました。ごめんなさい」

意外にも素直に謝られ戸惑う。これ以上拗ねるのは子どものようでみっともない。

「まぁ、あれだ。この作品が草壁久瑠美名義の新作なら、恐らく文章表現についての注文なんて付かなかっただろう。でもこれは無名の新人の作品だ。草壁さんの作品への気持ちは分かるけど、堪えてくれ」

「そうですね。編集長の指示じゃ、しょうがないですもんね」

「そうそう。売れて見返してやればいいんだ」

友情でも愛情でもない信頼の絆というものを草壁さんに対してはじめて感じた。

「でも意外でした」

「なにが？」

「この作品を『僕たちの作品』って思ってくれてるなんて。ちょっと嬉しかったです」

草壁さんの笑い声がくすぐったくて首を掻く。

「そりゃ印税は全部僕のものだからな。ちゃんと所有権を主張しておかないと」

「都賀さんってそうやっていい話も台無しにしないと気が済まないんですか？」

呆れた顔で笑う草壁さんを見て心が和む。冗談や憎まれ口を挟まないと真面目なことが言えないという意味では僕と草壁さんは似た者同士だ。

11

そして夏がやって来た。

気温は天井知らずで毎日ぐんぐんと上がり、けちな僕でもエアコンをつけることを余儀なくされる。

僕たちの作品『君にダリアの花束を』は無事編集会議を通り、年末刊行を目指すこととなった。半年もあるが草壁さんに言わせれば今後の作業を考えればあまり時間があるわけではないらしい。

とはいえさすがにテスト期間が近付くと一旦小説の改稿は中断し、勉強に専念させて貰った。おかげでなんとかテストも無事に切り抜け、前期が終わったところで夏休みに入った。

高校までとは違い、各々が自分のタイミングで長期休暇に突入するのが大学だ。もう三年生なのだから何度も経験しているけれど、この締まりのない休みのスタートは未だに馴染めない。

校長先生の長い話を聞かされ、通信簿を渡され、荷物を詰め込みすぎて重いランドセルを背負いながら片手には朝顔の鉢を持たされ、熱い日射しの中をだらだらと帰らされた小学校の終業式が今では懐かしくて愛《いと》おしい。

「お疲れ様です」

アパートに戻ると、つけっぱなしにしていたテレビを観ていた草壁さんが玄関までやって来た。いつもTシャツとデニム姿の草壁さんだが、たまたま今の時期だけは季節感が出ている。

「ただいま。お疲れ様とは珍しいこと言うね」

「だって今日で試験終わって夏休みですよね？　一応労《ねぎら》っておこうかと」

「あっそ。それはありがとうございます」

適当に返事をし、鞄を床においてクッションに座った。でも内心では少し嬉しかった。たとえ幽霊の言葉であっても、いつものようにぼんやりと始まるのではなく明確に今から夏休みが始まる気がした。

「休みになったからこれまでの遅れを取り戻して小説に打ち込めますね」

「またそれ？　本当に好きだなぁ」

「そりゃそうですよ。私にはそれしかないんですから」

テレビでサッカーのニュースが始まり、反射的にチャンネルを変える。変えたローカル局では海辺のリゾートホテルのＣＭが流れており、僕たちはなんとなくそれを眺めていた。

海で泳いで温泉に入って夜は海鮮料理に舌鼓《したつづみ》を打つ。最後に『素晴らしい夏休みにしよう』というキャッチコピーで締める、ありがちなＣＭだった。

「このホテルのＣＭって夏休みとか年末によく見ますよね」

「そういえばそうだね。草壁さんは行ったことあるの？」

その問い掛けに彼女は首を横に振る。

「どうでしょう？　多分行ったことありません」

「自分のことなのにずいぶんと曖昧だね」

「ええ。なにせ大学時代の記憶はだいぶ消えてきてしまっているので」

なんでもないことのように草壁さんは呟いた。でもその一言が僕の胸を抉る。僕が余計なことをしたばっかりに片想いの相手や親友との大切な思い出を穢し、消させてしまった。

「でもこんな楽しそうなところに行っていたとするなら、多分覚えていたんだろうなぁって思います。だからきっと行ってないんですよ」

ほんの僅か、草壁さんは口許を緩めて笑った。思い込みかもしれないが、その微笑みは叶《かな》わないものを見るようなとても寂しい表情に見えた。

「よし。ここに行こう」

「え？　この『ホテルリゾートきらめきの渚』っていうとこですか？」

「せっかくの夏休みだし、素晴らしい夏休みにしないとね」

思い出を失ったのならば、新たに作ればいい。なくなっても次から次へと作れば草壁さんの記憶が空っぽになることはない。なぜ今までそのことに気が付かなかったのだろう。

「私はいいです。行きたければお一人でどうぞ」

「行きたくないの？」

「そんなとこに行っても私はなんにも出来ないですから」

「そんなことない。草壁さんだって楽しめるって。ＣＭで『誰でも笑顔になれる安らぎのリゾート』って言ってただろ」

「『誰でも』の中に幽霊は含まれてないと思いますよ、多分」

明らかに乗り気じゃない態度だった。気温の寒暖すら感じられない草壁さんは、もしかすると外出することが精神的な苦痛になりつつあるのかもしれない。嫌になるほど暑い夏も、凍えながら震える冬も、彼女にとっては贅沢な悩みなのだろう。

「草壁さんだってきっと楽しめる。それに夏は幽霊の季節だろ」

「なんの根拠にもならない理由です。そもそも幽霊を夏の季語みたいに捉えるのはハラスメントですよ」

「なにハラスメントだよ」

笑いながらリュックサックに着替えと海水浴のセットを詰め込む。

「本気で行くつもりですか？　まぁ、そこまで都賀さんが行きたいなら行ってもいいですが。ホテルで缶詰めになって原稿を書くっていうのも一度体験してみたかったですし」

「小説は抜きだ。『素晴らしい夏休み』に仕事を持ち込むわけにはいかないからね」

「えー？」と不服そうな声を上げる彼女を無視してリュックを背負う。自分で企画して旅行するなんてはじめてのことだった。草壁さんだって行けばきっと楽しんでくれる。根拠はないけどそんな自信があった。

「じゃあさっそく出発だ！」

「は？　今からですか？」

「思い立ったら吉日っていうだろ」

「ちょっと待って下さいよ。私にも準備ってものがあるんですから」

草壁さんは悩んだ結果、遊園地で買ったお姫様ウサギのぬいぐるみに憑依していた。

Tシャツの襟首を広げてそこに草壁さんを入れてバイクに跨る。

「ちょっと。変なところに入れないで下さい」

襟首からちょこんと顔を覗かせた姿勢で文句を言ってくる。

「ここの方が景色も見られていいだろ」

「そうかもしれませんけどちょっと窮屈です。それに密着しすぎですし」

ぶつぶつと文句を言う草壁さんを無視し、地面を蹴って出発する。

住宅地を通って、市街地を抜け、海沿いの国道を走る。見慣れた景色でもこれから旅に出ると思うと、少し華やいで見えてくるから不思議だ。

日が沈みかけた海の水面は赤く染まり、反射する光が眩しかった。

「わぁ……綺麗ですね」

「来てよかったでしょ？」

「まあ、たまには気分転換も悪くないですね。相手が都賀さんというのが少し残念ですけど」と草壁さんらしい憎まれ口を叩く。

西日で眩しい状況は運転にはあまりいい環境とは言えないが、彼女が嬉しそうにしているからよしとしよう。速度を上げるともやもやしていたものが後方へと飛ばされていく。なんだか凄く健全な夏休みを過ごしている。そんな気分だった。

何度目かの大きなカーブを曲がったとき、突然目の前に『ホテルリゾートきらめきの渚』が現れた。海に張り出したように建っているので、遠目からはまるで海上に聳《そび》え立っているように見える。

敷地内には南国を思わせる花々が植えられて楽園の雰囲気を演出していた。広々とした駐車場には沢山の車が駐《と》まっており、フェンスの向こうにはスライダー付きのプールも見えている。

「なんか凄い立派なところですね」

「そりゃ『素晴らしい夏休みにしよう』って宣伝しているくらいだからな」

「かなり高級そうですが、こんなところに泊まって本当に大丈夫なんですか？」

「そんなこと心配しなくていいって」

駐輪場にバイクを停め、胸元に草壁さんを入れたままホテルのフロントへと向かった。姿を現すのは部屋まで待ってもらう。こんなところで半透明な姿を晒したら『幽霊の出るリゾートホテル』と噂されて営業妨害になってしまうかもしれない。

艶《つや》やかに光る大理石の床のロビーは、華やかな花で彩られている。フロントやトイレなどを示す案内看板は、流木にペンキで描いたような素朴なものを用いていた。木製のカヌーやら大航海時代の海図のレプリカなど、インテリアにも気を配られており冒険心をくすぐられる。

従業員はアロハシャツにゆったり目なオフホワイトの麻のスーツを着こなしており、楽園的な高級感を醸し出していた。

「一泊したいんですけど」

チェックインのフロント係は僕の顔と胸元にあるぬいぐるみを交互に見ながら対応に困った顔を見せていた。

「お客様のご予約のお名前は？」

「予約はしてません。さっきテレビのコマーシャルを見たんで来てみました」

「そうですか。ありがとうございます」

他の言葉を言い替えたような、どこか警戒した声色の『ありがとうございます』だった。ややこしそうな客だと思われたのかもしれない。その態度に少しカチンときた。『素晴らしい夏休み』を過ごすのにフロント係の良し悪しはさしたる問題ではないが、少しケチがつけられた気分になる。

「出来れば海が見える部屋がいいな。朝日がよく映える眺めのいい部屋。ほら、ＣＭでも出て来るあの部屋なんか最高です」

愛想笑いを浮かべた受付の男は「少々お待ち下さい」とお愛想程度にマウスを動かす。

「あいにくですが本日は満室のようです」

かたちだけパソコンで検索した様子の彼は、マニュアルに図解付きで載っていそうな謝罪の表情を浮かべた。

「そりゃそうですよ。こういうところは予約なしで泊まれないんですって」

草壁さんは恥をかかされたと言わんばかりの語気だ。

「大丈夫。こういうところはちゃんとスイートルームなどを空けているもんだから」

「申し訳ございませんが、そういう部屋はございません」

草壁さんに向けた言葉に、フロントが答える。まるで厄介者をあしらうような慇懃《いんぎん》無礼《ぶれい》な口振りだ。

「あっそ。分かったよ」

馬鹿馬鹿しくなりさっさとロビーを出て駐輪場へと戻った。

「満室だったらテレビで広告なんて流すなよ」

モンスターカスタマーさながらの悪態をつきながらヘルメットを被る。草壁さんの返事はなかった。

「こんなホテルよりも、もっといいとこがあるはずだ。探そう」

「まだそんなこと言ってるんですか？　もう帰りましょう」

「せっかくここまで来たのにもったいないだろ」

「いいですか、都賀さん。間違ったら引くことも大切です。間違ったと分かりながらも更に進むからどんどん悪い方に進むんです」

草壁さんにそんなつもりがあったのかは知らないが、なんだか僕の人生そのものに対する苦言にも聞こえ、余計に従えなかった。

「まだ夏休みは始まったばかりだ。心配するなって。最高の夏休みにしてみせるから」

『ホテルリゾートきらめきの渚』を後にして海岸沿いに進んでいくと、どんどん辺りは閑散としていき、他のホテルはおろかコンビニすら見かけなくなっていった。

海岸線をなぞりながら続く道は無駄にカーブが多く、時間のわりに距離が進まない。似たような景色を走っているうちに日が落ちて夜になってしまっていた。申し訳程度の外灯しかない道は、僕のバイクのヘッドライトが当たるところだけの景色だった。

「もういい加減諦めたらどうですか？」

「ここまで来て諦められるかよ。それにいまから戻っても家に着くのは真夜中だ」

「もういいじゃないですか。私はバイクで遠出できて楽しかったです。充分夏休みを満喫しましたから」

諦めさせる口実なのだろうが、その言葉に少しだけ救われた。さすがに諦めて引き返そうかと思ったとき、目の前に突如寂れたラブホテルが現れた。

「おお！　あったよ、草壁さん！」

『シーサイドパラダイス』という名前のそのホテルは、元々何色だったのか分からないほど色褪《いろあ》せ、黒ずんでいた。シーサイドではなくスーサイドの間違いなのではないかと思うくらいおどろおどろしい気配だ。

駐車場とおぼしき空き地はあちこちのアスファルトが剝がれてもろもろになっており、白線の枠すら見当たらなかった。

看板に描かれたマスコットキャラは、お腹に貝を抱えていることでかろうじてラッコと分かる程度にまでペンキが剝がれている。

「本気でここに泊まる気ですか？」

「もちろん」

「やめましょうよ。なんか幽霊が出そうです」

「草壁さんがそれ言う？」

駐車場の隅にバイクを停める。エンジン音が消えたら虫の鳴き声がやけに大きく聞こえた。

幸い受付は無人だったのでこういったホテルで敬遠されがちな『お一人様』でも止められることもなかった。

もっとも誰もいなくてもカメラを通してどこかで監視しているのだろう。でもこのシーサイドパラダイスはこう見えて従業員の教育が行き届いているようで、先ほどの『きらめきの渚』みたいに客を選ぶ不粋《ぶすい》な対応はしてこなかった。

床の汚れを隠す為に敷かれたような赤絨毯《じゅうたん》の廊下を進み、部屋についてリュックと草壁さんのぬいぐるみを机の上に置いてベッドに倒れ込んだ。

「あー。疲れた」

「お疲れ様です。夏休みを満喫できそうなホテルが見付かってよかったですね」

草壁さんが嫌味を言いながらぬいぐるみから姿を現し、ソファーに座る。僕は聞こえなかった振りをして、ごろんと寝返りを打つ。

シーサイドパラダイスの客室は外観から考えるとそれなりに小綺麗だった。とはいえ嫌悪を感じない程度というだけで、連泊したくなるような魅力はない。

ポップカルチャー風の壁紙の部屋には古いコカ・コーラの看板やサーフボードと夕焼けの風景画が飾られており、マイアミに行ったことがない人が思い描いたマイアミという雰囲気を醸し出していた。

「さて、お風呂に入るか」

「どうぞご自由に」

草壁さんは相変わらず醒めた口調だ。

「一緒に入ろう」

「はあ？　ふざけないで下さい」

「だって草壁さんもずっと僕の胸元に入ってたから汗で汚れてるぞ？　洗わないと臭くなるかもよ。それとも一人で入れる？」

ぬいぐるみをひょいっと持ち上げると「やめて下さい！　えっち！　変態っ！」と半透明な草壁さんが罵声を浴びせてくる。

一緒に風呂に入るというのはもちろん嘘だ。洗面所にお湯を溜めて洗うと、彼女は黙って隣でその様子を眺めていた。洗い終えたぬいぐるみをドライヤーで乾かした後、僕も一人でさっとシャワーを浴びる。

「明日は海水浴だな」

タオルで髪を拭きながら備え付けの冷蔵庫を開ける。ビールもあったけれど南国リゾート感を味わいたいからパイン味の缶チューハイを取る。一缶四百円の高級酒だ。

「まだ続けるつもりですか？　私は絶対海になんて入りませんからね」

「海に入るときはぬいぐるみじゃなくて水中眼鏡に憑依すればいいんだよ。そうすれば濡れても問題ない」

「お一人でどうぞ」

「ノリが悪いなぁ」

部屋のエアコンは効きすぎて、寒いくらいだった。しかし部屋ごとに調整できない集中エアコンなのか、温調器の類《たぐい》は見当たらなかった。

「うー、寒い」

ベッドに潜り込んで布団を被るとちょうどいい温かさだった。

電気を消した室内は枕元のコントロールパネルと設置された古いスロットマシーンだけが煌々《こうこう》と光っている。

「なぁ、草壁さんはあの小説を書き終えたら成仏するの？」

「多分そうだと思います。未練がなくなるんですから」

ソファーに座った草壁さんが静かにそう答える。

「一作だけで未練が断ちきれる？　もっと書きたくなるんじゃないの？」

どちらが未練があるのか分からないような、縋るような声で訊ねてしまっていた。

「そんなこと言ったらきりがないですよ。一作品書き終えたらすぐ次の一作品を書きたくなる。それが小説家です。でもあの作品だけは、特別ですから」

「特別？」

「ええ。これまでの私の作品とは全然違う、新境地の作品です」

「なるほどね」

確かにあの作品はこれまでに草壁さんが発表してきた作品とはかなり違う。キラキラとした青春小説ではなく、ダークで胸を抉るような結末だ。

でもせっかく新たな作風を手に入れたのなら、もっと書いてみたいとは思わないのだろうか。

「もしかしたら太宰治とか夏目漱石の霊も未だに成仏できず、この世の中を漂ってたりしてね」

ずっといても構わない。そういうつもりで放った言葉にしては迂遠《うえん》すぎた。草壁さんは「だとしたら会ってみたいです」と静かに笑いながら呟いた。

伝えたいことは、もっとはっきりと言わなければ伝わらない。

「別に成仏しなくてもいいよ。もっと色々書きたかったら、付き合うし」

真っすぐに気持ちを伝えると胸がうるさく高鳴った。本音を漏らすなんて、いつ以来のことだろう。言葉というのは気持ちや考えを伝えるためにあるはずなのに、僕はいつも逆の使い方ばかりをしてきた気がする。

「いつまでもずっと都賀さんに迷惑をかけるわけはいきませんよ」

まるでずっと用意していたかのように草壁さんは即答した。

「別に迷惑じゃないし。草壁さんが小説を考えてくれれば、それを打ち込むだけで儲かるんだからむしろラッキーだよ」

童話に出て来るごうつくばり爺さんの真似をすると、「ちょっとだけ見直したのに、損しました」と笑ってくれた。

「金持ちになったらもっと豪華な人形買ってあげるよ。ドールハウスも立派なものにするし」

「それっぽっちですか？　もっと豪勢じゃないと嫌です」

「それで充分だろ。贅沢だな」

「金の卵を産むニワトリがいつまでも親切心で卵を産み続けると思わないで下さい」

「じゃあ豪邸を建てて、その一室を草壁さんの部屋にするよ。人形いっぱい置いてアロマキャンドルやお線香もたくさん買ってあげるし」

「なんですか、その火事になりそうな部屋は」

「じゃあどんな部屋がいいんだよ？」

「そうですねぇ。部屋はまぁ普通の部屋でいいんですけど、毎月発売される小説の新刊を全て取り寄せて欲しいです」

「そんなものあっても読むことが出来ないだろ？」

「それはもちろん都賀さんがページ捲り係をするんですよ」

「はぁ？　嫌だよ、そんな面倒なこと。それなら電子書籍で購入して自動で進めるようにしてあげるから」

「私、電子書籍って苦手なんですよね。やっぱり小説は紙で読みたいです」

「時代遅れだな。これからは電子書籍の時代だよ?」

ありえないであろう未来の話をするのは、ドラえもんの便利道具でなにが欲しいかというのに似た無責任な愉しさがあった。

明日のことすら考えられない人ほど、十年後の未来に夢を抱きたがるものだ。

「明日は朝早いし、もう寝よう」

「はい」

「おやすみ」

「おやすみなさい」

おやすみといったが、霊体である草壁さんは寝ることはない。僕が寝静まった後も、彼女は暗闇に耳を澄ませて時を過ごす。それはきっと、とても孤独なことなのだろう。いっそ本当にこのホテルに幽霊でもいたら、草壁さんの話し相手になってくれるかもしれない。

そんな馬鹿なことを考えているうちに、僕は草壁さんを置き去りにして眠りの闇へと落ちていった。


目覚ましの音で目が醒めると、寝る前と同じ光景があった。

ここはラブホテルだから朝日が入る窓なんてない。朝焼けのオーシャンビューとは言わないが、せめて日の光くらいは浴びたかった。

「おはよう」

目覚ましを止めながら身体を起こす。

「おはようございます」

一睡もしていないであろう草壁さんは、パソコンがスリープモードから立ち上がったような声で返事をした。寝る前と同じようにソファーに座っているが、昨日と服装が違う。一度着替えるためにぬいぐるみに戻っていたようだ。

日射しを浴びずに目覚めたからか、単に眠りが浅かったからか、頭がぼんやりとしている。時刻は八時半だから遅めの朝なのに、まだ夜の中にいるような気分だった。

ホテルをチェックアウトすると、外では既に蟬《せみ》のやかましい騒音が響いていた。屋内とのギャップが凄すぎてまるで別世界のようだ。朝日に照らされたシーサイドパラダイスホテルは、明け方の歓楽街で見掛けた仕事帰りのホステスにどこか似ていた。

「今日も暑くなりそうだな」

胸元に入れた草壁さんに語りかける。今日は文句も言わず、すんなり収まってくれた。

「本当に泳ぐつもりですか？」

「もちろん。夏に海に来たのに泳がないなんてあり得ないし」

地図アプリを開き、近隣の海水浴場を検索する。三キロほど先にあるようなので目的地設定をした。

「実は私、ほとんど海で泳いだことないんですよ」

「え？　そうなんだ。海が遠い場所で育ったとか？」

「いいえ。むしろ歩いて海に行ける土地で育ちました。でも小さい頃に溺《おぼ》れまして。それ以来怖くて海で泳げないんです」

海水浴場へ行く道中、草壁さんは溺れた過去について語ってくれた。

まだ三歳くらいの頃、親に連れられて海水浴に行ったらしい。はじめての海水浴に草壁さんは興奮し、何度も波打ち際で走り回っていた。親が目を離したほんの僅かの隙に大きな波がやって来た。大きいとはいっても大人ならなんとも思わないレベルのものだ。しかし三歳の彼女には伝説のビッグウェーブ級だった。

波にのまれた草壁さんは転がりながら海に引きずり込まれてしまう。すぐに気付いた父親に慌てて救出されたが、そのときの恐怖は成長してからも消えなかった。それ以来、草壁さんは海に脅威を感じ、近付かなくなったらしい。

記憶が消えつつあるのにそんな幼い頃のことを覚えているなんて、よほど強烈な体験として刻まれているのだろう。それとも父親との大切な思い出として記憶されているのだろうか？

「大丈夫だって。僕が泳いで草壁さんは水中眼鏡に憑依するだけなんだから」

「そういう問題じゃないんです。テレビで海の映像を観るだけであのときの記憶がよみがえって怖くなるレベルなんですから」

海水浴場に着いても往生際悪くごねていた。

「何事も経験だって。海の中の景色を見れば小説にも生かせるかもよ」

「そうでしょうか？」

半信半疑みたいだが、小説の役に立つという言葉は草壁さんの心に響くパワーワードのようだった。

海水浴場は適当に来た割にはそれなりに大きなところで、ビーチにはいくつか海の家も出ている。まだ午前中だがそれなりに海水浴客の姿もあった。焼けた砂の上を歩いていると、焼きそばとかかき氷を売る店の中に一つだけ異彩を放つ店を見つけた。店といってもポールを立て、そこに簾《すだれ》をかけただけのインスタントな店構えだ。その下にテーブルとアクセサリーを飾る簡易な棚がある。

「あれってなんの店なんでしょう？」

「さあ？」

興味を引かれて立ち寄ると、店主らしい日に焼けた男が顔を上げる。

「いらっしゃい」

髭《ひげ》を生やして腕にタトゥーがあるが、ガラが悪いというよりは芸術家的な気配を感じた。見た目や性別は違うが、コンビニで一緒に働いている翠川さんと似た雰囲気を漂わせている。

「ここはなにを売ってるんですか？」

「見てのとおりアクセサリーだ」

店主は片手を広げて棚を差す。貝殻を繋ぎ合わせたネックレスや、波にもまれて角がなくなった丸いガラス破片のペンダントなどが並べられていた。

「客が取ってきた貝殻をここで加工してアクセサリーにすることも出来る」

「へぇ！　面白そうですね！」

草壁さんが声を弾ませる。

「じゃあ僕も宝物を探してきます」

まるで海に入る気がなかった草壁さんがにわかにやる気を出し始め、嬉しくなる。気が変わらないうちに急いで適当な場所を陣取って水着に着替えた。その間に草壁さんはぬいぐるみから水中眼鏡に憑依する。

「さあ、行こうか」

「綺麗な貝殻探してアクセサリーにしましょうね」

「ああ。いいのを探そう」

シュノーケルを咥《くわ》えると急に「きゃあっ！」という草壁さんの悲鳴が聞こえた。

「どうしたの？」

「シュ、シュノーケルは外して水中眼鏡だけにして下さい」

「なんで？」

「い、いいから早く！」

あまりにも強く訴えるので、仕方なくシュノーケルを外す。これじゃ息継ぎをしなければならない。

僕も海で泳ぐのは久し振りだった。波打ち際で足をつけるとその冷たさに気勢が殺《そ》がれる。一度立ち止まって水を掬《すく》い身体に馴染ませるように擦り込んでいく。ガンジス川で沐浴《もくよく》する老人のような所作で、ゆっくりと身体を海水へと沈めていった。

「じゃあ潜るよ」

「は、はいっ……」

すうっと息を肺一杯に溜めてから一気に潜る。

海の中は当然珊瑚礁《さんごしょう》や熱帯魚に彩られた世界ではなかった。波や海流で舞った砂で濁る景色は、お世辞にも美しいとは言えない。

潜水したまま沖の方へと進む。波打ち際から離れていくと少しずつ透明度は上がっていった。でも視界がよくなったというだけで、とりわけ綺麗な景色というわけではなく、砂地が広がっているだけだった。

「わぁ。凄い。綺麗！」

しかし草壁さんは感動の声を上げていた。なにがそんなに彼女の心を打ったのか分からないが、喜んでくれるならよかった。

もっと愉しませようと深く潜る。

「あ、見て下さい！　貝が落ちてます。あれ綺麗じゃないですか？　採りましょう！」

沈没船でお宝を見つけた非合法なサルベージ業者のようなはしゃぎ具合だった。

見た目より案外深くて、貝殻を手にした辺りで息が持たなくなり急いで浮上する。

「あっ？　これって」

拾った貝をよく観察して草壁さんが驚きの声を上げた。貝からは細い脚や鋏《はさみ》がチラッと出ている。

「ヤドカリだったのか」

残念ながらこの貝殻には持ち主がいた。捕まったヤドカリは突然の出来事に驚いたのか、すっぽりと貝に埋まって籠城していた。

「脅かしちゃいましたかね？」

「すぐに逃がすんだし、いいだろ」

手のひらに置いてしばらくすると恐る恐る顔を出し、ゆっくりと動きだす。

「可愛いですね」

「でもくすぐったいけどね」

やがて手の端まで辿り着いた彼はぽちゃんと海の中に飛び込んでしまった。ゆらゆらと揺れながら沈み、やがて見えなくなってしまう。

「海の中って綺麗なんですね」

「そう？　どこにでもある海の景色だと思うけど」

「それがいいんです。海底の砂地は沙漠みたいに波打ってますし、小さな魚とかヤドカリもいて」

僕にしてみればどうということもない景色も、はじめて見る草壁さんにとっては新鮮で美しい世界なんだろう。この経験がいつか小説に反映されることはあるのだろうか。そうだといいなと、ひっそりと胸の内で願った。

得意になった僕は更に潜ってあちこちを彼女に見せる。少し大きめな魚を追い掛けたり、岩場にいたイソギンチャクをからかったり、海の底にある丸いガラスを拾ってきたり。

ときに水着姿の女性にも目を奪われたが、草壁さんを意識するとあまり凝視できないのが残念だった。

日の光が海に射し込んで光るカーテンのように揺らめくのを見た彼女は、オーロラを見たように感激していた。あれほど怖がっていたくせに草壁さんは水中眼鏡から飛び出し泳いだりもした。パレオを巻いた肌の露出が少ない水着というのが実に草壁さんらしい。

　八個目の貝殻を海の底から引き上げたとき、ようやく彼女のお眼鏡にかなうものと出逢えた。

「これをアクセサリーにしましょう」

　濃茶と白、それとその中間色が幾何学模様に描かれた、どこにでもありそうなものだ。ただそのフォルムが美しかった。欠けたところもなく、これぞ巻き貝というべき形だ。

「へぇ。なかなかいいのを見つけたな」

　アクセサリーショップに持っていくと店主は目を細めて微笑む。

「この大きさと形だったらピンバッジがいいかもな」

「はい。それがいいです」

　テンションが上がっていた草壁さんは思わず店主の男に話し掛けてしまった。

「ん？」

　突然女の声が聞こえて驚いたようだったが、気のせいと判断してくれたようだ。その間僕は笑いを噛《か》み殺すのに必死だった。

「すぐに出来ますか？」

「ああ。待ってな」

千枚通しのような先の尖った道具とラジオペンチなどを使って、ものの数分で完成させてくれた。

「ほらよ」

「素敵。ありがとうございます」

今度は独り言だったらしく、店主は反応しない。一つ作ってもらいたったの三百円だった。こんなので商売が成り立つのか分からないが、安いにこしたことはないのでそのまま支払った。

早速ピンバッジをバイク運転時に着るナイロン製のジャケットの胸元に取り付ける。それだけでちょっとマリン仕様になったみたいで爽やかに見えた。

貝探しをしている間に、早くも十一時を回っていた。日に焼けた肌がピリッと痛む。

「ちょっと休憩しよう」

「えー？　じゃあ昼ご飯食べたらまた潜りましょう」

海が怖いなどと怯えていたのが嘘のように草壁さんははしゃいでいる。

海の家の焼きそばは安っぽそうなのに奇跡的な旨さだった。ビーチにはスピーカーから流れる音割れした夏の歌が響いている。

高級リゾートホテルで果物の刺さったカクテルを飲んだり、マリンスポーツを愉しむという当初の予定とはだいぶ違ってしまったけど、これはこれで素敵な夏休みだ。

「そういえば海の中で水着姿の女性を覗き見してましたよね？」

「はあ？　してないし」

「嘘ついても無駄です。だって水中眼鏡に憑依した私の視界と都賀さんの視界は一緒なんですよ。なにを目で追ってるかバレバレですから」

相変わらず手厳しい。僕にとっては何の変哲もない貝殻や砂地の海底より、ストライプやら南国の花柄の生地からまろび出た肌の方がよほど見る価値のある景色である。

しかしそんなことは口に出すわけにもいかず「気のせいじゃない？」と惚けた。

「あ、かき氷も売ってる」

話を逸らすために、いまその存在に気付いた振りをしてかき氷を買いに行く。

「最近はマンゴーなんてのもあるのか。でもブルーハワイも捨てがたいな」

「それ、味はみんな一緒なんですよ。香料と色が違うだけです」

「夢のないこと言うなよ」

結局定番のイチゴを選んでしゃくっと一口てっぺんを齧《かじ》る。おなじみの味が口の中で溶けて広がった。なんと言われようが、やはりこれはイチゴ味だ。

小休憩をしているうちに、海水浴客はかなり増えてきた。波打ち際には惜しげなく肌を露出させた女子グループがボールやイルカの浮き袋を持ってはしゃいでいた。

「さあ、そろそろまた海に入ろっかな」

「もういいです。海の底の景色は充分堪能しました。次に行きましょう。素晴らしい夏休みは海水浴だけでは満喫できません」

僕の疚《やま》しい下心に気付いたらしく、草壁さんは不機嫌そうだ。仕方なく服に着替えてビーチを後にした。

「次はどこに行く？」

ぬいぐるみに憑依し直した草壁さんに問い掛ける。

「やっぱり夏といえばお祭りじゃないですか？」

「お祭り？　どこでやってる？」

「そんなの知りません。でも夏なんですからどこかでやってるはずです。適当に走って探して下さい」

「ずいぶん無計画すぎる提案だなぁ」

「CM見ただけで旅行に出発した都賀さんには言われたくないです」

いくら夏だからといって闇雲《やみくも》に走って夏祭りと遭遇する確率なんて何%なのだろう。

仕方なくスマホで『夏祭り　今日　近隣』で検索する。しかしワードが曖昧なのか、検索のヒットワードに多額の広告費用が絡んでいるのか、この辺りではない上に数日後の盛大な夏祭り情報ばかりがヒットしてしまう。落胆する僕を見て、草壁さんが冷ややかな言葉をかけてきた。

「なんでもかんでも検索して出て来ると思ったら大間違いですよ。スマホは万能の神ではないんです」

「なにも神様だとは思ってない」

「そうですか？　都賀さんはなにか分からないことや困ったことがあったらすぐスマホに頼るじゃないですか」

反射的に言い返そうとして思い留《とど》まる。確かに草壁さんが言う通り、困ったときに縋るように頼るものは神なのかもしれない。

未練がましくしばらく検索結果を確認したが、この近くのお祭りの情報は見つからなかった。しかしネットで検索してもヒットしないからといって今日この辺りでお祭りがないというわけではないだろう。この世の中にはインターネットと接続されていないお祭りだって間違いなく存在しているはずだ。

じゃあそれはどこで行われているのか？

普通お祭りは神社で行われる。小さな神社で、露店もほとんど出ていない、近所の人が集まるだけのお祭りがあるかもしれない。しかしそれを見つけるとなると神社を虱《しらみ》潰《つぶ》しに当たらなくてはならないだろう。

そのほかにお祭りをしているとなると——

「小学校だ」

僕の地元では夏になると小学校で盆踊り大会を行っていた。

「なるほど。それはあるかもしれませんね」

小学校ならそれほど無数にあるわけではないだろう。まだ日が暮れるまではかなりの時間がある。僕はバイクに跨り、この付近にある小学校を探して走り出した。


着眼点は悪くなかったと思う。

しかしそう簡単に今日たまたまお祭りをする小学校なんてやはり見つかる訳もなかった。時間はどんどん過ぎていき、辺りは傾いた日で赤く染まっていく。

一時間に一便しかなさそうなバス停も、中腹に神社が見える小さな山も、地元の人が頼りにしてそうな大きな駐車場を持つスーパーも、すべてが赤く染まっていた。見知らぬ街の夕暮れどきがどこか知らない世界に繋がってそうに見えるのは、それらの一つひとつが紡いできた歴史を知らないからなのかもしれない。

「ないですねー、お祭り会場」

草壁さんはまるで焦る様子がなく、むしろこの状況を愉しんでいるかのような声だった。

「お気楽だな。草壁さんがお祭りに行きたいって言ったから探してるんだぞ」

「分かってますよ。私もちゃんと浴衣《ゆかた》を着た人が歩いていないかとかチェックしてますから」

なるほど。確かに浴衣を着ている人がいればお祭りがある可能性が高い。カモメの群れを探す漁師みたいなものだ。

「あっ」

ヘルメットのシールドにポツリと水滴が落ちた。空を見上げるといつの間にか水分を吸った不穏な黒い雲が空に広がり始めていた。

「ヤバいな。雨が降りそうだ」

その予感は的中し、わずか数分後には視界が煙るほどのスコールとなっていた。車ならさほど問題はないが、バイクだとそうもいかない。慌てて雨宿りできるところを探し、シャッターの閉まった個人商店の軒先を見つけて逃げ込んだ。

いつから商いをやめたのか分からないが、シャッターのサビや朽ちたベンチを見るからに、かなりの年月が経っているのは間違いなさそうだ。

「参ったな。すぐに止《や》むといいけど」

空を見上げながらタオルで濡れた草壁さんのぬいぐるみを拭く。

「こういう雨はすぐ止むから大丈夫です。というか私より自分を拭いて下さい。風邪引きますよ」

辺りに誰もいないのを確認してから彼女が姿を現す。こんなめちゃくちゃで無計画の旅なのに、意外にもその顔はにこやかだった。

「濡れるのも悪くない。暑かったし心地いいくらいだ」

雨脚は弱まるどころか次第に勢いを増し、白く煙るほどに地面を叩く。濡れたアスファルトからはもわっとした匂いが立ち籠めていた。

あれほど騒がしく鳴いていた蟬の声がいつの間にか消えており、代わりに近くの林からは盛大なカエルの鳴き声が響き始める。

「こんな雨じゃお祭りは中止ですね」

「だろうね」

すぐに止んだとしても小学校のグラウンドは泥濘《ぬかる》んで盆踊りどころじゃないだろう。

「悪いね。お祭りを楽しみにしていたのに」

「別に都賀さんのせいじゃないですよ。それに突然の夕立ちっていうのも夏の風物詩です。夏休みらしくていいじゃないですか」

「草壁さんに気を遣われるようでは僕もおしまいだな」

軽口を叩いた瞬間、ドーンッという激しく重い音が轟《とどろ》いた。もちろん花火ではない。雷鳴だ。

「きゃあっ！」

草壁さんは悲鳴を上げながら僕の腕にしがみつく。もちろん触れられないのでポーズだけになってしまったが。

「雷が怖いんだ？」

「こ、怖いんじゃありません。驚いただけで」

強がる彼女を嘲笑うようにもう一度雷が激しく鳴る。

「きゃああっ！」

「めちゃくちゃ怖がってるし」

ゴロゴロゴロと長く尾を引く雷鳴は巨大な竜の鳴き声にも聞こえる。

「大丈夫。ここに落ちてきたりはしないから」

「そういう問題じゃありません」

僕たちはしばらく言葉を交わさず激しい雨脚を眺めていた。

納得のいかない人生に拗ねる男と、納得のいかない死を迎えて成仏できない幽霊の女を残し、人類は火星にでも移住したかのような静けさだった。壁に貼られた錆《さ》びたトタンの看板や、古びた自動販売機は旧文明の遺跡だ。

地球に残された僕たち二人の物語をいくつか想像したが、全部バッドエンドだったのでやめた。僕には小説家の才能が欠片もなさそうだ。

「雨、弱まってきましたね」

「ほんとだ」

先ほどまでの激しさが嘘のように、雨は弱々しく勢いを衰えさせていた。

「そろそろ行こうか」

隣に座る草壁さんの横顔に問い掛ける。僕の視線に気付いているのに知らん顔して遠くを眺めていた。

「もうちょっと待ちましょう。きっとすぐに止みますよ」

彼女は静かにそう答えた。

水溜まりに出来る沢山の波紋を見詰めながら、僕はぼんやりと「そうだね」と答える。

「ごめんな。全然素晴らしい夏休みにならなくて」

「ううん。別にいいです。それにこういう踏んだり蹴ったりの夏休みの方が都賀さんらしくていいと思いますよ」

「なんだよ、それ」

苦笑いしながら、確かに草壁さんの言う通りかもしれないと思った。

「それに私はこの夏休み、嫌いじゃないですよ。素晴らしい夏休みとは程遠くても。減る一方だった思い出が増えてよかったです」

「そっか。じゃあ来た甲斐もあったな」

遠くでまた雷鳴が轟く。どうやら雨雲は遠のいていったようだ。もう草壁さんはその音に怯えてはいなかった。

「こんな遠くまで私を連れて来てくれて、ありがとうございました」

「なんか成仏しそうな勢いだな」

ちょっといい雰囲気になりかけ、僕はまたぶち壊すような憎まれ口を叩く。

「試しにやってみましょうか？」

草壁さんは雨雲の向こうにある夜空を見詰めるように顔を上げ、静かに目を閉じた。

まさか本当に成仏するとは思えないが、緊張で手のひらに汗が滲んだ。

「うーん。まだ駄目みたいです。未練が断ち切れていません」

草壁さんは目を開け、わずかに口角を上げて僕を見る。

「そっか、しょうがないな。じゃあもう少しだけ幽霊に取り憑かれておくよ」

「すいません。お手数をおかけします」

草壁さんは穏やかにそう呟いた。

いつの間にか雨は止み、夏の夜の虫の声が聞こえていた。

12

「おはようございます」

旅行から帰った翌朝の草壁さんの服装を見て、思わず目を丸くしてしまった。

「な、なんですか?」

「なんですかって……草壁さん、どうしたの、その恰好」

彼女はいつものTシャツとジーンズではなく、ストライプのシャツに柔らかそうな生地のスカートを穿《は》いていた。

「変ですか?」

「変じゃないけど……」

茶化そうとしたが顔を赤らめてムスッとしている草壁さんを見てやめておいた。案外かわいいところもあるようだ。

空気を変えるために線香に火をつけ、窓際に置いた線香立てに挿す。草壁さんが心地いいと喜んでくれるので、最近はこうしてときおり朝に線香を焚く。香りが部屋に広がっていくと彼女は気持ちよさそうに目を細めて伸びをした。

「さあ今日も原稿にとりかかりましょう。旅行に行って遅れた分も取り返さないと」

「相変わらず熱心なことで」

「小説に未練を残して成仏できない幽霊には執筆以外ありませんから」

彼女の自虐ネタを聞きながら僕はパソコンを開く。

今日は僕の方から色々と内容について意見を述べてみた。てっきり相手にもされず鼻で笑われるかと思いきや、意外にも草壁さんは僕の意見をしっかりと聞いて、考えてくれた。結局却下にはなってしまったが、考慮して貰っただけでも驚きだった。

「お、もうこんな時間か」

バイトに行かなくてはいけない時間までノンストップで書き続けていたから、立ち上がると腰が痛かった。ほぼ一日中座っていたのだから当然だ。

「今日も帰りは遅いんですか？」

「寂しい？　なんなら一緒に連れて行ってあげようか？」

「はあ？　そんなわけないじゃないですか。帰ってきてから原稿の続きが出来るかの確認です」

「十時過ぎぐらいには帰ってくると思うよ」

「そうですか。じゃあ疲れてなかったらよろしくお願いします」

「よく言うよ。疲れていようが付き合わせるくせに」

軽く嫌味を漏らすと、草壁さんは口許に手を当てて笑顔を隠した。


今日は翠川さんと一緒のシフトだった。夏休みだというのに帰省もせず、これといった予定もない彼女は店長に重宝されていた。

仕事終わりにタイムカードを押すと「お疲れ様っす」と隣にやって来た。なぜかニマニマと微笑んでいる。

「どうしたの？」

そう訊くと途端に表情を曇らせて、醒めた目で睨まれる。

「約束忘れたんすか？」

「約束？」

「私の二十歳の誕生日に飲みに連れてってくれる約束です！」

「ああ、あったね、そんなこと」

「今日がその日なんですけど？」

彼女はかなり気分を害してしまったようで、ジトッと睨んでちょっと強めに二の腕を抓《つね》ってきた。

「痛たたっ。お誕生日おめでとう」

「もう遅いです。私の中で都賀さんの評価がダダ下がりです」

「ごめん。許して」

「じゃあ今から飲みに連れて行って下さい」

「え？　今から？」

草壁さんには十時過ぎには帰ると言ってしまっている。

「なんすか、その微妙なリアクション。嫌ならいいです！　せっかく許してあげるチャンスを与えたのに！」

「そんなことないって。じゃあ行こう！」

バイクはコンビニにおいて近くにある居酒屋へと向かう。二十歳の誕生日を祝うにはあまりに大衆的な店だったが、翠川さんの希望だから仕方ない。

さほど広くない店内は既に多くのサラリーマンで賑わっており、僕たちはカウンター席へと通された。

「なに頼んでもいいんすか？」

「もちろん。好きなものを頼んで」

「あざーっす」

先日の夏休み旅行では大した出費もしてないから金銭的にはそれほど苦しくはない。

翠川さんは目を輝かせながらから揚げやだし巻き卵、大根サラダ、お造り盛り合わせを頼み、飲み物は梅酒ソーダを選ぶ。味の嗜好《しこう》はそれほど個性的ではないようだ。

「じゃあ翠川さんの二十歳を祝って。乾杯」

「かんぱーい」

テンションの高い翠川さんを見ながらビールを飲む。アルコールが入ってしまったら改稿作業は厳しくなるが、どうせ帰るのは遅くなるから今日は原稿はやらない。気にせずに飲んでしまった。

「このだし巻き、明太子が入ってて美味《おい》しいです！」

「へぇ。どれどれ」

鮮やかな黄色い玉子に、程よく火の通った明太子が包まれている。辛さが程よく、玉子と口の中で混ざり合ってまろやかな味わいだった。確かに美味《うま》い。

「都賀さん最近ちょっと明るくなってきてますよね。なんか前より活き活きしてるし」

「そう？　気のせいだって」

「もしかして彼女できた、とか？」

その声はそれまでと違って、少し問い詰めるような緊迫感があった。

「ないない。てかなにその乙女理論。翠川さんのキャラにないし」

「そうっすよねー」

翠川さんはマグロをびたびたに醤油漬けにしながらにっこりと笑っていた。

酔いが回るにつれ、翠川さんはいつもの「っすよね」という喋り方から普通の女の子の話し方に変わっていく。時計を見ると間もなく午前零時だった。

「そろそろ帰ろうか？」

「えー？　もうですか？　まだ早い」

不服そうに唇を尖らせ身体を押し付けてくる。柔らかな感触に思わずドキッとした。

渋る翠川さんを説得して店の外に出ると、未だに籠もった夏の熱がフワッと身体に絡み付いてきた。

「都賀さんの部屋で飲みましょう」

「いや、それはちょっと」

「分かった！　彼女さんが待ってるんだ」

「だから彼女はいないって」

「じゃあなんで駄目なんですか？」

「実は僕の部屋、幽霊が出るんだ」

「またまたぁー！　そんな子どもみたいな言い訳、通用しないですよ」

翠川さんは笑いながら僕の背中をパシパシと軽く叩いて僕の家の方角に歩いていく。

「あれ？　僕のアパートの場所、知ってたっけ？」

「前に教えてくれたじゃないですか」

「そうだっけ？」

それは迂闊《うかつ》だった。まさかこんなに長く草壁さんが居着くとも思わなかったし、ましてや翠川さんが来るとも思ってなくて、軽い気持ちで教えてしまっていたのだろう。

「うちじゃなくてどこかの店に行こう」

「いいじゃないですか。ほら、早く」

翠川さんは僕の腕にしがみつく。夏の薄着というのは相手の身体のラインやら弾力がダイレクトに伝わってしまうからたちが悪い。草壁さんはいくら密着しても感触がないから気にならないが、こうして肌の温度や柔らかさを感じるとちょっと危うい気分にさせられてしまう。

飲み直そうと言った割に、翠川さんはお酒を買うためにコンビニに立ち寄ることなく、真っ直ぐに僕の部屋に向かっていた。お酒はあまり強くないらしく、足許は覚束《おぼつか》ない。余計なところに触れないように注意しながら、フラフラとよろめく彼女を支えて歩いた。

このまま翠川さんを家に連れ帰っていいのだろうか。そう戸惑っている間にアパートについてしまった。もう終電も行ってしまっているし、こんなに酔っているのに一人で帰すのも危険だ。

そんな事情は草壁さんも理解してくれるだろう。言い訳じみたことを考えながらインターホンを押す。

「なんで一人暮らしの自分の家のチャイムを鳴らすんですか？」

「中に泥棒がいた場合、住人が帰ってきたと思って慌てて逃げだすだろ」

「なにその理由！」と笑いながら腕を軽く叩いてくる。どうやら翠川さんは酔うと笑い上戸でボディタッチが激しめらしい。

事情を説明する暇はないけれど思慮深い草壁さんなら空気を察して人形に憑依して

姿を隠してくれるだろう。

そんな軽い気持ちでドアを開ける。

「お帰りなさい」

「わっ!?」

ドアの前にいた草壁さんは腕を組んで冷たい目で僕を睨んでいた。翠川さんに見られないよう、慌ててドアを閉める。

「どうしたんですか？」

「い、いや。なんでもない。ちょっと散らかってて」

「そんな悲鳴を上げるくらい散らかってるんですか？」

「ごめん。ちょっと待ってて」

翠川さんを外に待たせて一人で室内に入る。草壁さんは変わらず玄関で腕組みをして立っていた。

「草壁さん、ごめん。バイト先の人と飲んでて。翠川さんっていうんだけど。彼女は今日が誕生日らしくてそのお祝いをしてた」

「二次会はここでエッチですか？」

「ち、違っ……見たらわかるだろ。かなり酔っ払っちゃって、あのままじゃ帰せないからとりあえず連れてきたんだよ」

「なにそんなに慌ててるんですか？　別に構いませんよ。ただそんなもの見たくないから私は外に出してからにして下さいね。傘にでも憑依しますんで」

ツンと澄ましているがかなり怒っているのは明白だった。

早めに帰って原稿の続きをすると約束していたのに酒を飲んで、そのうえ女を連れてこんな時間に帰ってきたのだ。怒るのも当然だろう。

「落ち着けって。早く帰って来るって言ったのに遅くなったことは謝る」

「誰と話してるんですか？」

待ちきれなくなったのか、ドアを開けて翠川さんが入ってきてしまう。草壁さんは素早く猫のストラップの中に引っ込んだ。

「話なんてしてないよ？」

慌てて翠川さんに振り返って引き攣《つ》った笑みを向ける。

「全然散らかってないじゃないですか。お邪魔しまーす」

翠川さんは靴を脱ぎ捨て、酔いでふらつく足取りで入ってきてしまった。草壁さんが憑依したストラップを蹴飛ばしかけたので慌てて拾い上げる。

「えっ？　ドールハウス？」

「ちょっ!?　こ、これはそのっ。大学の講義で使ってたんだよ。建築の授業で」

「さすがにそれは無理があると思いますよ」

自分のせいでこんなことになってるのに、草壁さんは意地悪くヤジを飛ばしてきた。

翠川さんは窓辺に置いてある線香立てを見てはっと息を呑《の》んだ。

「誰か、大切な人を亡くしたんですね？」

「い、いや、まぁ……」

「無理に言わなくていいですよ」

翠川さんはちょっとぎこちなく笑った。

言い訳に窮する僕を見て、翠川さんはなにか勝手に勘違いして納得してくれたのだろう。

「あ、そうだ水飲む？　結構酔ってるでしょ？」

ドールハウスをキッチンの方に片付けながら冷蔵庫からミネラルウォーターを取り出す。

「はい、どうぞ」

ペットボトルを渡すときに手が触れてしまい、一瞬だけ微妙な空気が流れた。

「あざーっす！」

不意に思い出したように、翠川さんはいつものような惚けた口調に戻る。おかげで生まれかけた変な空気は霧散した。

「絶対酔っ払ってないでしょ、そのミドリカワさんとやら」

草壁さんが冷ややかに指摘した。予想もしていなかった修羅場と化し、冷や汗が流れる。

「さ、もう寝よう。夜も遅いし」

こういうときは寝てしまうのが一番だ。逃げるように予備用の布団を押し入れから引っ張り出す。

「えー？　汗かいたしシャワー貸して下さいよ」

「あ、う、うん。そうだね」

着替えのジャージを渡すと翠川さんは風呂場へと向かった。

「シャワーだって。きゃー、えっち」

抑揚のない冷めた声で草壁さんに茶化され、ついイラッとしてしまう。

「いい加減にしろよ。別にバイト仲間が来ただけだろ。夏なんだから汗もかくし、寝る前にはさっぱりしたいんだろ」

「そしてそのあとベッドの中ですっきりするんですね？」

「結構エグいことを言うんだな。さすが『居眠り姫は茨の王子に溺愛される』の作者様だ」

「そんな拙《つたな》い表現なんて使ってませんから」

「はいはい。なにせ天才女子大生作家様ですもんね」

煽りながらテーブルを片付け、僕の寝るスペースを確保する。

「本当に、私のことは気にしないで下さい」

草壁さんはそれまでとは違う、低く静かな声に変わる。それは冷静というよりは卑屈な響きだった。

「私はこの部屋の元住人で、そもそも都賀さんとはなんの関係もありません。ただ私の小説をお願いして書いてもらっているだけです」

「関係ないことはないだろ。拗ねるなよ」

「拗ねてなんていません。本当に、私のことなんて気にせずに好きに生活して下さい。私のせいで迷惑がかかるのは、嫌なんです」

「とにかく一回出て来てくれ」

ストラップを摑み、その目を見詰める。

「なんで出なくちゃいけないんですか」

「大切なことは目を見て話せよ。子どもの頃に言われなかった？」

僕に諭された草壁さんがふて腐れた様子で現れる。

「なんですか？　もしかして私が泣いてるとでも思ったんですか？　残念でした。むしろドライアイです」

憎まれ口も、ドライアイを強調するためにパチパチとしばたかせる目も、小憎たらしい態度も、全部ムカつく。でもムカつくはずなのに放っておけない。

「言っとくけど迷惑ならもうとっくにかかってる。今さら言うことかよ」

「ああそうですか。それは失礼しました。じゃあ今すぐここで成仏しますんで」

草壁さんはぎゅっと目をつぶり、天井を見上げる。しかし当然成仏なんて出来そうもなかったのだろう。すぐに目を開けて忌々《いまいま》し気に僕を睨む。

「成仏の邪魔をしないでください！」

「なんにも言ってないだろ。ていうかそうやってすぐ投げ遣《や》りになるなよ」

「投げ遣り？　ちょっとサッカーできなくなったくらいで拗ねていじけてる都賀さんに言われたくないです」

「ああ、そうだよ。確かに僕は投げ遣りで捻くれてた。でも草壁さんと小説を書けて、僕は少しずつ前向きになれた。草壁さんのお陰で目標をもって諦めないってことを覚えたんだよ。迷惑もかけられているけどそれ以上に感謝してるんだ」

「えっ？」

思わず本音を漏らしてしまい、慌てて口を閉じる。草壁さんの顔はみるみる赤くなっていき、伏し目がちに視線をオドオドと泳がせていた。

「なんか言いましたか？」

シャワーを終えた翠川さんが僕のジャージを着て、髪をタオルで乾かしながら戻ってくる。壁際に立っている草壁さんは視界に入っておらず、見られずに済んだ。

「ごめん、翠川さん。やっぱり泊められない。帰ってくれる？」

翠川さんは一瞬まぶたをピクッと震わせてからにこっと笑った。

「いいっすよー。ちょうどシャワー浴びたら酔いが醒めたんで。帰ります」

「本当に、ごめん」

「そんなに謝ることじゃないっすよ」

翠川さんは自分の服を持って脱衣所に戻っていく。

「なに言ってるんですか？　駄目ですよ。すぐに謝って引き留めて下さい。こんな時間に追い返すなんて可哀想です」

草壁さんの言葉など無視して、着替え終わった翠川さんと玄関に向かう。

「見送りはいいです」

「いや、こんな夜中だし送るよ。酒飲んでるから歩きだけど」

「いいですってば。タクシーですぐですから」

「じゃあタクシー乗り場まで――」

「本当にいいですっ！」

急に激しい声で拒絶された。

「変な同情かけて、これ以上惨めにさせないで下さいよ。一応私、二十歳の誕生日なんですよ?」

「……ごめん」

「今夜はごちそうさまでした。それじゃ失礼します」

翠川さんはぺこっと頭を下げる。そのあとチラッと窓際の線香立ての方に視線を向けてもう一度小さく頭を下げてから部屋を出ていった。

十秒程度、動けずにドアを向いて固まってしまう。

人に傷付けられるのには慣れていても、人を傷付けるのには慣れていない。どちらの方が辛いというより、この二つはまるで違う苦しみだった。

「さあ、改稿するぞ」

空元気で声を張る。

「馬鹿じゃないですか。絶対後悔しますよ」

「確かに。あのおっぱい、一度くらい揉《も》んでみたかったよなぁ」

「はあ?　最低ですね」

パソコンの前に座るとその隣にほんの少し頬を赤らめた無表情の草壁さんが座る。

草壁さんがいつまでもこうして僕の隣にいてくれればいいのに。

そんなことを思いながら僕はキーボードの上に手を添えた。

13

夏がいつ終わったのか、実は誰も知らない。

だから人は夏の終わりを自分で決める。

ある人は蟬の亡骸《なきがら》を見たとき、ある人はカレンダーの八月を捲ったとき、またある人は長袖のシャツに袖を通したとき、自分の中で夏の終わりを見つける。

これは『君にダリアの花束を』にある一節だ。こういう鼻につく描写を編集長はやめて欲しいと思っているのだろう。僕も編集長に賛成だが、草壁さんは頑として譲らなかった。

皮肉を込めてその気障《きざ》な言い回しを用いるなら、僕は翠川さんがバイトを辞めたと店長の口から聞かされたとき、自分の中で夏の終わりを見つけた。

宇佐美さんからの連絡を受けて三度目の打ち合わせを行うことになったのは、その夏の終わりの翌日の、秋の初日だった。

「原稿拝読しました。文章を分かりやすく飾らない言葉で書いていただいてありがとうございます」

テーブルに置かれた原稿に無数の付箋が貼られているのを見て打ち合わせが長引くことを覚悟した。

「もうダメですよ。これ以上は削れません。私の表現や言葉選びを宇佐美さんも褒めて下さったじゃないですか」

言われる前の先制パンチを仕掛ける。

「その件はもう大丈夫です。私もせっかくの絶妙な表現をこれ以上消したくはありませんから」

「そうなんですね。安心しました」

草壁さんはホッと安堵の表情を浮かべるが、対照的に宇佐美さんの表情は硬いままだった。

「なにかほかに問題があるんでしょうか？」

切り出しやすいように僕が言うと宇佐美さんは苦笑いを浮かべて「わかります？」と首を傾けておどけた。

「実は現在社内全体で刊行予定の作品を一度全部精査することになりまして」

断り文言の上の句みたいな説明に、僕も草壁さんもピクンっと反応してしまう。

「もちろんこの作品は刊行します。そのために編集長も私も社内で動いてます。ただ」

宇佐美さんは一度言葉を切って視線を草壁さんに向けた。

「ちょっと懸念がありまして」

「なんでしょうか?」

「営業部から二点ほど指摘を受けました。一点はやはりもうちょっと全体的に物語の起伏が欲しいということです。そしてもう一点は読後感があまりよくないという懸念です」

「読後感?」

「ええ。読み終えたとき、なんだかモヤッとするといいますか。なんか、こう、すっきりとしないんです。爽やかとは言いませんが、救いのあるラストが欲しいと思います」

感情を手で表そうとしているのか、宇佐美さんはモコモコしたものを撫でるように手を動かす。草壁さんは話を最後まで聞くまでは発言する気はないらしく、黙って宇佐美さんを見詰めていた。仕方ないので僕が答える。

「なんとなく言いたいことは分かりますが。でもこの作品はそういう内容なので」

この物語はいわゆる爽やかな青春ストーリーではない。そう見せ掛けたある種悪趣味な物語だ。そこを変えてしまったらこの物語自体が成り立たなくなる。それくらいは素人の僕にだって分かった。

「もちろんそれは理解してますし、その仕掛けもとても面白いと思ってます。でもこの作品が世間一般にウケるかと言えば、なかなかリスキーなものだと言わざるを得ません」

「でもこのトリックを使う限り、どうしてもラストはこんな感じになると思うんですけど」

「そうですね……ミステリー小説ならそれでいいと思うのですが、恐らく読者は恋愛小説だと思って購入しますので。もちろん二重構造のトリックはとてもいいし、それがなければ成り立たない小説だということも分かってます」

宇佐美さんの言う意味も分かる。青春のラブストーリーだと思って読んだらこんな結末なら、悪い意味で騙されたと思う人も多いだろう。

「つまり今のトリックを用いたまま、ラストは救いがある展開で終わる。そういうことですか？」

「はい。もちろんどうすればうまくいくかはまだ分からないのですが」

腕組みをして「うーん」と唸《うな》ると、それまで大人しく聞いていた草壁さんが憎々しげに口を開いた。

「そんな要求、聞く必要ありません」

眉をしかめた草壁さんの表情を見て、宇佐美さんは困った顔をして口許だけで微笑む。

「これまで主人公の悲哀だとか起伏ある展開だとか文章を簡素化とかあれこれ注文を

付けてきたじゃないですか。その要求に応えたら次は後味の悪くない終わり方ですか？　いい加減にしてください。原形がなくなるほど改稿させて、最後には『元の方がよかった』『魅力が感じられない』とか言って没にされるんですよ」

「おい、草壁さん。やめなよ。別に宇佐美さんは意地悪で言っているわけじゃない。刊行のためにいろいろ努力してくれているんだぞ」

「意地悪じゃないから余計に問題なんですよ」

　草壁さんは冷静さを欠いた目で僕を睨む。

「確かに都賀さんが言う通り、宇佐美さんはこの作品を世に送り出そうと努力をしてくださっている。でもそのために色んなものを捨てすぎているんです。企画が通るように、無事刊行できるように、部数が確保できるように、販促をしてもらえるように。その都度作品を意見に合わせようとしています。そのたびにこの作品の持つ魅力を削《そ》ぎ落として洗い流しているんです」

　草壁さんは我《が》を通したくて言っているわけではないし、ましてや改稿作業が面倒でごねているわけでもない。作品をより良いものにしたくて訴えている。それは聞いていても伝わってきた。

「世の中に出なかったら意味がないだろ。そのために迎合することは仕方のないことだ」

「甘いですね、都賀さん。編集者さんの言うことばかり聞いていたら無難で凡庸《ぼんよう》な作品になってしまいますよ」

草壁さんの言う通り、ラストを穏やかなものにしてしまうと、尖ったところのないボンヤリした作品になってしまうかもしれない。

悪くはない。しかしありきたりな、既視感のあるストーリー。それは今の彼女が目指すものではないだろう。

「作家にとってすべての作品は人生を賭《と》してもいいくらい大切なものです。かけがえのない存在であり、やっと掴んだチャンスでもあります。これ以上ないというくらいアイデアを絞った上で更にアイデアを加える。その上で苦渋の決断で余分と思われるものを削除し、かたちを整えていく。色々な可能性や展開を捨てて、ビクビクしながら一つの結末を模索する。そうやって作家は作品を生み出していくんです」

自信家で迷うことなどなさそうな草壁さんもそんなことを思っていたのかとちょっと意外だった。

「でも編集者さんにとっては毎月刊行する作品の一つにすぎません。もちろん成功して欲しいとは思っているでしょうが、人生を賭けているわけではありません。その作品がヒットしようが失敗しようが翌月には新たな作品を刊行しなければならないのですから」

　宇佐美さんは少し悲しそうな顔をしながら静かに聞いていた。

「いい加減にしろ、草壁さん。宇佐美さんだって真剣に向き合ってくれているんだ。でも僕たち全員が作品を愛しすぎて頑《かたく》なな態度だったらどうする？　この作品は日の目を見ることさえなく消えていくんだぞ？　納得いかないことを言われても作品を刊行しようと努力する宇佐美さんの気持ちも考えてやれよ」

「いえ都賀さん。それはちょっと違います」

　否定したのは意外にも宇佐美さんだった。真剣な面持ちで僕たちを見ている。

「営業の顔色を窺っているわけではありません。読後感をよくするという意見は、私も賛成です」

「なぜですか？　世の中にはどんでん返しの叙述トリックを用いた救いのない終わり方をする恋愛小説だってあります。たとえば――」と草壁さんは二、三の僕が知らない小説のタイトルを挙げた。宇佐美さんは頷きながら口を開く。

「確かに草壁さんが仰る通りですが、それらは全てミステリー作家さんが書かれたものです。読者もその作家さんならトリックがあるミステリーだと思って購入するでしょう。でもこの作品は無名の新人が出す小説です。表紙も爽やかな青春小説風にする予定です」

「じゃあミステリー風の表紙に変えて帯の煽りもそうすればいいじゃないですか。パッケージに中身が引っ張られるなんて本末転倒です」

「いえ。むしろ私が言いたいのはそこです。私はこの小説『君にダリアの花束を』は中身だって青春小説だと思っております。だって草壁さんの書かれるストーリーはいつだってキラキラと輝いた青春で満ちてますから。私は逆に二重構造の叙述トリックにストーリーが引っ張られているのだと感じてます」

宇佐美さんの言葉にハッとさせられた。確かに僕たちはストーリーや世界観よりトリックありきで物語を構築していた。草壁さんも同じように感じたのか悔しそうに目を伏せていた。

しばしの沈黙の後、「なんで……」と草壁さんが低い声で呟く。

「なんで私の小説をコミカライズとか映画化なんてしたんですか？　私はあまりそういうのしたくないって言いましたよね？」

「草壁さん。それはいま関係ないだろ？」

打ち合わせの流れとはまるで関係のない、駄々をこねた子どものような態度だった。

「コミカライズや映画化に関しては、草壁さんのご両親とも相談をして決定しました。久瑠美さんはメディア展開に関してあまり乗り気じゃなかったとお伝えしたのですが、ご両親はせっかく娘が遺した作品が評価されたのだからとオファーを受けられました」

「どうしてもするなら原作に忠実で、きちんとしたものでなければだめだって言いましたよね？　コミカライズ版を読ませていただきましたけど、失礼ですが作品からは熱量が感じられませんでした。私が死んで話題性が出たから商機を逃さないように慌ててコミカライズしたんじゃないですか？　安っぽい感動ポルノでお金儲けしようと思ったんですよね！」

「草壁さん！　落ち着けよ！」

ヒートアップする草壁さんを宥めようとするが、まるで効果がない。これまで抑えていたものが爆発したかのように彼女は感情を滾《たぎ》らせていた。

「映画のキャッチコピーも私の死ありきじゃないですか。一体なんのつもりであんなものを許可したんですか？　ちゃんと説明してください！」

「別に映画のキャッチコピーは宇佐美さんと関係ないだろ。そんなことまで責めてどうするんだよ？」

「いえ。草壁さんが仰られるとおり、コミカライズはもっと丁寧に創るべきでしたし、映画のキャッチコピーにも抗議すべきでした。すいません」

宇佐美さんは深々と頭を下げる。別に草壁さんも宇佐美さんに謝罪させたかったわけではなかったのだろう、気まずそうに顔を背けていた。

「草壁さんは一躍有名になり、メディア展開に関しては文芸編集部だけではなく、社内外の多くの人が関わりました。もちろん担当編集として、そして監修を任された立場として安易に原作を崩させませんでした。でも色々と私の力不足のせいで満足いただけない結果になってしまい、申し訳ございません」

　宇佐美さんは申し訳なさそうに顔を歪ませる。

「……作戦通り話題になってお金も儲かりそうでよかったじゃないですか」

「ええ。始まってしまったからにはヒットして欲しい。そう願ってます」

「なんで？　あんなもの流行っても私は嬉しくない」

「コミカライズを読んで、映画を観て、小説も読んでみようと思う人が増えるからです。もっともっと多くの人に草壁久瑠美さんの作品を読んで貰いたい。その上で『原作が一番良かった』なんて思われる方もいらっしゃるでしょう。草壁さんが遺された物語を一人でも多くの人に届ける。それが私の使命だと思っております」

　宇佐美さんは入社志望を語る就活生のように清らかで真っすぐな目をして語っていた。きっとそこに嘘はなく、青臭くても夢を語りたい気持ちしかない。

「もし草壁さんがどこかで見られていたらお叱りを受けるだろうなと覚悟をしてました。まさかこうして本当に面と向かってお叱りを受けるとは思いませんでしたけど」

　そう言って宇佐美さんは力なく笑った。

「……すいません、感情的になってしまい」

草壁さんは伏し目がちに頭を下げる。納得したわけではなさそうだが、宇佐美さんの願いや情熱はちゃんと草壁さんに届いたようだ。

「作家さんには編集者にはわからない苦しみや苦労があると思います。私たちは作家さんたちの想いが籠もった作品をお預かりさせてもらっております。きれいごとのように聞こえてしまうと思いますけど、その作品を最大限生かせるように努力をしているつもりです。もちろん至らないことだらけだとは思いますが、それでも信用して頂けたら嬉しいです」

「やってみよう、草壁さん。救いのある結末っていうのをさ」

「……わかりました。約束はできませんけど考えてみます」

「ありがとうございます。よろしくお願いします」

上手《うま》く丸め込まれたような状況が気に入らないのか、それとも単に照れくさいのか、草壁さんはちょっと唇を尖らせて宇佐美さんと目を合わさない。そんなふて腐れた態度の草壁さんを、宇佐美さんは温かな笑みを浮かべて見つめている。そこに草壁さんと宇佐美さんの強い絆が見えるようだった。悔しいが僕と草壁さんはまだここまで強い絆で結ばれてはいない。

鳳凰出版を出てから夏の残滓が籠もる街をしばらく歩いた。まだ汗ばむほど暑いが、吹く風は清々《すがすが》しい。草壁さんは当然人形の中だが、すぐ隣を歩いているような気分がした。

「恋の物語に、救いは必要ですね」

交差点の信号待ちで草壁さんが呟いた。

「挫折と成長と、そして救い。私の物語にはやっぱりそれが必要です」

「そうか。草壁さんがそう言うんだったらそうなんだろう」

「なんですか。そんな他人事みたいに言わないで下さい。この小説は『僕たちの小説』なんですよね？　そもそも都賀さんが先に折れて救いのある結末を考えようって言ったんじゃないですか。ちゃんと都賀さんもアイデア出してくださいよ！」

照れを隠した怒り方が不器用で、こっちまで照れくさくなる。

「わかってるよ。一緒に考えていこう」

信号が青に変わったが僕は立ち止まったまま空を見上げた。高いビルが邪魔をして、秋の空はそんなに高くないように見えてしまう。

僕と草壁さんの物語に、果たして救いはあるのだろうか。

そんなことを考えて空を眺めていた。

14

ポストに一通の手紙が届いた。差出人はうちの親だ。たまには帰って来いというお小言の便箋一枚と、僕宛に実家に届いた手紙が入っていた。

それはあまり有り難くない、出来れば転送してもらいたくなかった、同窓会の案内状だった。

「中学校の同窓会ですか？」

草壁さんが背後から忍び寄り覗き込んできた。

「勝手に見るなよ」

彼女を手で追い払いながらそれをゴミ箱に捨てる。

「行かないつもりですか？」

「いや。ちゃんと出席に丸をつけたよ」

ゴミ箱を指差しながら笑ったが、草壁さんは眉をしかめた。

「行けばいいじゃないですか。会いたくないのは高校のときの同級生でしょ？」

「随分とお節介だな。むしろ中学のときの奴らの方が会いたくない」

「どうしてですか？　中学のときはサッカーで活躍しててスターだったんですよね」

「だからだよ」

　ベッドに座り、蓋を開けてミネラルウォーターを呷《あお》る。

「あんなに輝いてた奴がこんなに落ちぶれたなんて見られたくないだろ。言わせるなよ」

　草壁さんはつつーっと滑るように飛びながら僕の前に来た。

「いいじゃないですか、それでも。どんな状況であれ、都賀さんに会いたいから連絡してきてくれたんですよ」

「僕は会いたくないんだよ。どうせ僕の落ちぶれたところでも見て笑いたいんだろ」

「なんでそんなこと思うんですか？　純粋に会いたいだけですよ。そもそも中学時代サッカーで活躍していた人が大学生になったらサッカーを辞めていたなんてそんなに珍しいことじゃないと思います」

「それは、まぁ確かに……」

　言われてみれば草壁さんの言う通りだ。惨めな高校生活や大学に入ってからも自堕落な生活を送っているというのも、自分自身のことだからずいぶん落ちぶれたように感じるだけだ。ひと言「怪我をしてサッカーを辞めた」といえば済む話だし、それを聞いた人は特に惨めだとか憐れだとかは思わないだろう。

「良くも悪くもみんな他人のことにそんなに興味はありません。死んだっていうのならみんな憐れむかもしれませんが、怪我したくらいそんなに重く考えませんよ。気にせず堂々と同窓会に行けばいいんです」

　幽霊だからこその説得力ある言葉に心が救われた。今すぐゴミ箱からはがきを拾い上げて出席に丸を付けて投函しにいくほど晴れやかな気分ではないが、心の中の重しが取れて軽くなる気分だった。

「ありがとう、草壁さん。でも今は僕の同窓会なんかどうでもいい。それより小説の直しをしないと。大幅に変えないといけないんだから」

「どうでもよくはないですけど……でもそうなんですよね。どうしましょう」

　小説の悩ましい問題を振られ、草壁さんは困ったように眉尻を下げる。

　前回の打ち合わせで結末に大きな変更の依頼をされた。いったんは難色を示した彼女だったが、宇佐美さんの作者や作品に対する真摯《しんし》な想いを知り大幅変更を受け入れた。しかし肝心のどのように変更するかはまだなにも決まっていない。

「『結末は救いのあるものにする』って、言うのは簡単ですけどそのためには全体的に大きく見直さないといけないから大変ですね」

「全体的に見直す？　また始まった。草壁さんはいちいち大袈裟なんだよ。ラストをもやっとさせずにちょっとハッピーにすればいいんだろ？　ラストの方だけ変えればいいんだって」

少し修正するたびに最初から見直すという草壁さんの創作方法は丁寧なのかもしれないが時間がかかりすぎる。締め切りもあるのにそんなことばかりしていたら先に進まない。

「はぁ……いいですか、都賀さん。ラストに救いがあると言っても突然『宝くじが当たってお金持ちになりました。めでたしめでたし』とかは駄目なんですよ？」

「それくらい分かってるよ。馬鹿にするな」

「救いがあるラストを創るためにはそれまでの伏線がなければいけません。それに前回の打ち合わせではあまり触れませんでしたが、ストーリー全体に起伏が必要だと再度言われてしまいました。それを直すためにも最初から考え直さなければいけません」

「はいはい。わかったよ。じゃあ全体的に見直すから」

「はあ？　なんですか、その言い方は。都賀さんもちゃんと考えてるんでしょうね？」

草壁さんは唇を尖らせ、ジトーッとした冷ややかな視線を浴びせてくる。ろくに子育てに参加しない父親を非難する妻のような目だ。恰好つけて『僕たちの小説』だなんて言うんじゃなかった。

「考えてるよ。でも全然思い浮かばないんだよなぁ」

「考え方としてはまずは新しい結末を考えるんです。それに向けて展開も変えていく方が楽なはずです」

「なんでもいいからとりあえず考えてみて下さい。彼女が二股をして、主人公がフラれる側の恋人で、それでも読み終えたときに救いを感じる結末を」

「なるほど」

「うーん……」

思考の筋道を教えてもらっても、具体的なアイデアはそうすぐに浮かばない。

小説作成ツールを開き、プロットや登場人物表をもう一度ゆっくりと読み直す。本文を冒頭から読み直すのは大変だが、これなら簡単に全体の流れや人物の相関図などが分かるから楽だ。

「何でもいいんです。とりあえず思い付く限り並べて下さい」

「そうだなぁ。やっぱり最後に二股女が殺されるとか？　実は三つ股でもう一人の男がウエディングドレスの彼女を刺し殺す」

「却下です。それじゃホラーですよ。より読後感が悪いです。まあ三人目の男の登場は少し面白いですけど」

「じゃあ二股がバレて結婚相手の男から婚約破棄される。親戚一同の前で大恥をかくってのは？」

「壮大な『ざまぁ見ろ』って展開になりますけど恋愛小説のラストとしてはあり得ないですね。それこそモヤッとします」

草壁さんは首を振りながら目を閉じる。

「じゃあこういうのはどう？　結婚式当日、会場に行ったら自分たち以外のカップルが式を挙げていた。実は結婚式プランナーの詐欺に遭っていて、お金とか振り込んだけど式場の予約が出来ていなかった。親族まで巻き込んで大恥をかくってラスト」

「却下。なんですぐ都賀さんは『ざまぁ展開』にしたがるんですか？　それにそもそも途中で気付くでしょ、いくらなんでも」

「それは、まぁ……巧妙な手口だったんだよ」

「巧妙な手口だろうが、騙された二人がよほどの間抜けだろうが、駄目です。そもそも救いのあるラストとスカッとするラストは全然違います」

白けた口調で一刀両断にされ、ついイラッとしてしまう。

「なんだよ！　だいたいなんでもいいから案を出せって言ったのは草壁さんだろ。いちいちケチつけるなよ」

「ケチなんてつけてません。却下してるだけです。都賀さんこそ没にされたくらいでいちいちカリカリしないで下さい」

それにしてももう少し他に言い方もありそうなものだ。

「じゃあ草壁さんの案も言ってみてよ」

「うーん。それがなかなか浮かばなくて」

「なんでもいいからとりあえず言ってみろって」

「やり返す気満々じゃないですか。そういう性格は嫌われますよ？」

呆れた目つきが更に僕の神経を逆撫でする。

「そうですねぇ……私が最初に思い付いた案は、結婚式に警察が突入してきて新郎が逮捕される展開です」

「は？」

「実は二股女が選んだ方の男は犯罪者だった。結婚式場は大騒ぎ。マスコミも面白おかしく報道して日本国中の笑いものとなる」

「なんだよ、それ！　僕の案よりも酷い目に遭わせてるだろ！」

「そりゃそうですよ。この尻軽女にはこれくらいのバチが当たらないと」

草壁さんは口を歪めてシニカルな笑みを浮かべた。その尻軽女に生前の親友の名前を付けているのも、改めて薄ら寒いものを感じさせられる。

「そんな案、もちろん却下だ。もっと爽やかな救いのある話を考えろよ」

「言われなくても分かってますよ」

少し膨れた顔をして草壁さんが考え込む。その隣で僕は頬杖《ほおづえ》をつく。

「でもそもそも無理があるよな。この展開で爽やかな救いのある結末なんて」

「どうしてですか？」

「だってヒロインが二人の男を天秤《てんびん》にかけ、しかもバレずに結婚までする話だよ？どう転んでも陰湿な終わり方しか見えない」

そもそもこんな話を綺麗に纏《まと》めろというほうが無理だ。ニンニクを使って口当たり爽やかなカクテルを作れと言われているようなものだ。

「そんなことありません」

意外にも草壁さんはムッとした顔で反論してきた。

「別にこのヒロインは遊びたくて二人の男と付き合ってたわけじゃないんです。真剣に悩んで、どちらも断れなくて、そしてどちらも愛していた。最後に一人を選んだのも、苦渋の決断だったんです」

「それはまあ、読めばわかることだし、実際そうなのかもしれないけど。でも二股をかけて、その上結果として一人の彼氏を捨てて自分だけ幸せになるんだから、やはり後味はよくないよ。現実にいたら絶対嫌われるぞ、この女」

どれだけヒロインの悩みを描いたところで、読者の共感が得られるとも思えない。むしろ余計反感を買うだけだろう。

「でも二人の男性の間で揺れる女性というのは意外と多いと思うんですよね。私の母もそうでしたし」

「へぇ。二股かけてたの？」

「いえ、そんなことはしてません。ただ父と付き合う前に他の男性とお付き合いしていたそうで、その頃から父に好意を寄せられていたのは気付いていたそうです」

「ずいぶんモテるお母さんだったんだね」

「はい。若い頃の写真を見ると美人だったので、まぁモテる方だったんだと思います」

「草壁さんはパパ似なんだね」

ギロッと殺意さえ滲んだ目で睨まれ、「すいません」と慌てて謝った。

「恋人がいる母は当然父から寄せられる想いに応えることはありませんでした。しかしその彼氏はそんな一途な人ではなく、たびたび浮気をしていたそうです」

草壁さんは少し嬉しそうに両親の馴れ初めを語る。そんな話をよく笑顔で話せるものだ。僕なら両親の恋愛話なんて聞かされるだけで鳥肌が立ってしまうだろう。

「そんな心が弱っているときに癒してくれたのが、父だったそうです。『こんな真面目で優しそうな人なら、私を本当の意味で幸せにしてくれるんじゃないか』って。次第に心が惹かれていって、二人は正式に付き合うことになりました」

だいぶ記憶がなくなってきた草壁さんだが、両親の馴れ初め話は鮮明に覚えているようだ。きっとこの思い出はまだ穢されていない美しいものだからなのだろう。

「なるほど。女性は愛するよりも愛される方が幸せになれるって言うしね」

「そうですね。言い古された言葉というのは、陳腐に聞こえても語り継がれるだけの真実があるということですね」

「じゃあやっぱり夫婦仲はよかったんだ？」

「ええ。お陰様で。もちろんいつもベタベタしてるとか、いってらっしゃいのキスをしてるとか、そんな分かりやすい仲の良さじゃないですけど。父はいつも母を大切にし、母はそんな父を慕っていました」

　てっきり両親がいがみ合ったややこしい家庭環境で、ろくに愛情を注がれなかったから草壁さんのような捻くれた子が育ったのかと思っていたが違ったようだ。

「あれ？　何の話をしてたんでしたっけ？」

「二人の男から一人を選んでも幸せになる人はいるって話だろ」

「あ、そうでした。ずいぶんと話が逸れてしまいましたね。とにかく母は一時期彼氏がいながら父のことを想ってました。それでもちゃんと幸せに暮らしてるってことです」

　畳み掛けるように結論付けられたが、それは二股をかけていたというのとはかなり違う気がする。

「草壁さんのご両親の馴れ初めはいい話だけど、小説のヒントにはならないな。もっとこう、具体的に二股をかけられて、それでも救いのある結末を考えないと」

「あっ!?」

「どうした？」

「私が中学生の頃、落書き的に書いた小説にそんな内容があることを思い出しました。主人公は女の子ですが、似たシチュエーションです」

「へぇ。それはどんな結末だったの？」

「それは、えっと……どんな結末だったっけ？　思い出せないんですけど、友達からはすごく評判がよかったんです」

草壁さんはこめかみを指でトントンとノックし、記憶の糸を手繰《たぐ》ろうと懸命になっている。恐らく幽霊になってから失った記憶というより純粋に忘れてしまっているのだろう。

「パソコンにデータとか残ってないの？」

「そうだ、スマホです！　スマホに残っています！　中学のときに使っていたスマホにデータが残っているはずです。スマホのメモ機能で書いて友達に読んでもらいましたから」

「それってどこにあるの？」

「こっちには持ってきてないから、実家だと思います」

「よし、じゃあそれを取りに行こう」

役に立つか分からないが藁《わら》にもすがる思いでそう提案した。しかし先ほどまでの興奮が嘘のように、草壁さんの表情はスッと暗くなった。

「嫌です。私は行きません」

生前関わっていた人と会うのは前回の件で懲りたのだろう。怯えたような目をして俯いていた。

「大丈夫だって。両親とは僕が話をする。草壁さんは人形にでも隠れていればいい。隙を見てスマホを探すときだけ協力してくれればいいから」

「無理ですよ。親と会ったら、私絶対泣いちゃうと思うから。きっとごめんなさいって声を掛けてしまいます」

「別にいいんじゃないのか？　泣いたって、声を掛けたって。姿を現してもいい」

「ううん。絶対駄目。そんなことしたら、せっかく立ち直りかけた両親を余計悲しませることになります」

草壁さんはゆるゆると頭を振る。

「私が死んで間もなく一年。ようやくうちの親も立ち直りはじめてると思うんです。そんなときに霊体となった私が現れたら、また嘆き悲しみます」

そうだろうか。たとえ霊となっても娘が語りかけてくれたら、両親は喜ぶのではないだろうか。

馬鹿な僕はいつもの浅はかな考えで、短絡的な美談を想像してしまっていた。しかし草壁さんの言うとおり、ご両親をいたずらに傷つけるだけになるかもしれない。そんな危険な賭けを深い考えもなくすべきではないだろう。

「分かった。じゃあ今回は僕だけで行く。それならいいだろ？」

「そこまでしなくてもいいですよ。そもそも中学生のときに考えたアイデアなんてきっと大したものじゃないですし」

「そんなの読んでみなきゃ分かんないだろ？　それに見てみたいんだよ。草壁さんが育った土地や、家、そしてご両親を」

「なんですかそれ。別にどこにでもある普通の田舎の、平凡な両親です」

「その普通が知りたいんだよ、僕は。草壁さんを作り上げたその環境が見てみたいんだ」

真っ直ぐに見詰めると草壁さんはプイッと逃げるように視線を逸らしてしまう。そのリアクションが可愛くて、ついからかいたくなってしまう。

「どんなところで育って、どんな子だったとか知りたいんだよ。どうせ草壁さんに訊いたところで忘れましたとか言って教えてくれないだろ？」

「まるでストーカーですね」

草壁さんは顔を背けたままこちらを見てくれない。長い髪で顔を隠しているつもりだろうが、ぴょんと飛び出た耳の赤さで彼女の顔の紅潮が知れた。

その後根気よく質問を繰り返し、一日かけてようやく草壁さんの実家の住所を聞き出した。

「スマホは二階にある私の部屋にあると思います。確か……学習机の上から二番目の引き出しに入っていたと思います。奥の方に入れた気がするのでよく探してください。あとそれ以外の余計なところは触らないでくださいよ」

「わかってるって。あ、そうだ大切なことを聞き忘れてた」

「なんですか？」

「本名だよ。久瑠美の本名を聞いていない。大学時代の友人を騙《かた》ってお邪魔するのにペンネームしか知らなかったら嘘だってバレるだろ」

「まぁ、それはそうですね……」

住所まで教えてくれたのに草壁さんは本名を名乗るのに躊躇《ためら》っていた。

「で、本名は？」

「……田中です。田中久瑠美です」

草壁さんはもっと恥ずかしい質問に答えるようにぼそぼそっとそう告げた。

「へぇ。久瑠美っていうのは本名なんだ。苗字はずいぶんと平凡だけど」

「いいじゃないですか別に。人の苗字を平凡とか失礼ですよ」

「はいはい。失礼しました、久瑠美さん」

「し、下の名前で呼ばないでください」

草壁さんは恥ずかしそうに顔を赤らめて僕を睨む。これはしばらくからかうネタになりそうだ。

15

実家の住所を聞き出した翌日、僕は一人で向かうことにした。

「本当に行くつもりですか？」

玄関先で草壁さんがまた同じことを訊いてきた。

「しつこいな。本当に行くって。田中さんこそ本当に行かないつもりなの？」

「もうっ、やめてください。私は絶対に行きません」

草壁さんはうんざりした様子でため息をつく。

「明日には帰ってくると思うけど」

「そうですか。勝手にして下さい。あとうちの親に余計なこととか訊かないでくださいよ？　スマホを取って来てくれたらそれでいいんですから」

「はいはい。わかったよ。じゃあ行ってくる」

ふて腐れた様子の草壁さんに声を掛ける。しばらく待ったが、「いってらっしゃい」

の声は返ってこなかった。

「気を付けて下さいよ」

ドアを閉める瞬間、彼女が囁《ささや》いた。右手を挙げて「心配すんなよ」と振り返らずに答える。

（さあ、旅のはじまりだ）

ナイロンジャケットのファスナーを襟元まで閉めてからバイクに跨り、地図アプリに草壁さんの実家を登録したスマホをホルダーにセットする。目的地までの所要時間は七時間半。当然日帰りは無理だが一泊二日でも楽じゃない。しかし彼女を一人きりにさせるのは可哀想だから明日には帰ってきたいところだ。草壁さんはスマホも使えないから連絡も出来ない。僕が無事なのか、今どこなのかも分からなければ余計不安になるだろう。

（そういえば草壁さんと出逢ってから一日以上離れるのは初めてだな）

いつも一緒にいる彼女がいないというのはなんだか落ち着かない。もし僕が途中で事故に遭って死にでもしたら、草壁さんにいつまでも帰らない僕を待たせることになってしまう。とにかく安全にだけは気をつけなければいけない。

安全運転を心がけて走ると速度は当然ながら遅くなってしまう。疲れを感じる前にパーキングエリアで休憩しながら進み、彼女の生まれ故郷に辿り着くころには少し日が傾き始めていた。

「本当に田舎なんだな」

コンビニはおろか信号機すらあまりない。無表情で無感動な草壁さんはどことなく都会的なイメージがあったが、あれは閑散とした土地の静けさが育んだものだったようだ。

古びた漁船が幾つも停泊している小さな漁港を過ぎると、ビーチというより海水浴場という言葉が似合いそうな砂浜が現れた。

「ここが草壁さんの溺れたところかな?」

バイクを停めて砂浜に降りてみる。長い時間運転していたから脚に違和感があり、少しよろけてしまう。

海水浴シーズンをとうに過ぎた砂浜には当然ながら誰もおらず、暖色の日を受けた水面は眩しく光を反射していた。

砂の上に座り、伸びをして凝り固まった身体を解《ほぐ》す。

今ごろ草壁さんは部屋で一人、なにをしているだろう? きっと誰もいない部屋でずっと小説のことを考えているに違いない。

メモを取ることすら出来ない彼女は、良い案が浮かぶといつも何度も繰り返し復唱していたらしい。僕が帰ると堰を切ったようにそれを伝えてくる草壁さんを思い出して頬が緩んだ。

「やっぱり無理矢理でも連れてくるべきだったたな」


きっとここからの景色は幼い頃と変わりがないだろう。両親と会わなくても故郷の景色を見れば気分も晴れたかもしれない。

スマホのカメラで夕日のオレンジに染まった景色を撮影する。早く用事を済ませて草壁さんの待つあの部屋に帰ろう。そしてこの写真を見せてあげたい。

懐かしさに目を細める彼女が目に浮かんだ。

「よし。さっさと実家に行くか」

勢いよく立ち上がり、ズボンに付いた砂を払いながらバイクへと戻る。

草壁さんの実家はその海水浴場からバイクで数分走ったところにあった。彼女が言っていたとおり、どこの町にでもある、ごく普通の瓦屋根の一軒家。でもこの家で彼女は生まれ育ったと思うと特別なものに見えてくる。

表札を見ると確かに『田中』という表札が出ていたのでここで間違いない。インターホンに指を置いて深呼吸をした。

大学の友人で、近くに来たので寄ってみた。お線香だけでも上げさせて下さい。

考えておいた設定をもう一度頭の中で復唱する。あまり複雑にしてもボロが出るのでざっくりとした設定だ。あとは隙を見てスマホを探すつもりだった。インターホンを押すと家の中からチャイムの音が薄めすぎたカルピスのような希薄さで聞こえた。

だが一分経っても屋内で物音がすることすらなかった。

(留守かな？　帰ってくるまで待つしかないか)

念のためにもう一度チャイムを鳴らす。その数十秒後、ゆっくりとした足音が聞こえた。緊張しながら待っていると、ドアは警戒するように少しだけ開いた。

「はい？　どちら様ですか？」

わずかな隙間から顔を出したのは、くたびれた顔をした中年の女性だった。恐らく草壁さんのお母さんなんだろう。顔立ちがよく似ている。しかし髪には白いものが目立ち、失礼ながら想像していたよりもずいぶんと歳上に見えた。

「久瑠美さんの大学の友人だった都賀と申します。近くまで来たのでお線香を上げさせていただきたいのですが」

おばさんは英語を聞いて一度脳内で翻訳したかのような遅れた間で「はあ」と頷いた。しかしドアを開けてはくれない。警戒しているのだろうか？　それともすでに引っ越ししてしまい同姓別人の田中さん一家なのだろうか？

「あの……久瑠美さんのご実家、ですよね？」

「はい。久瑠美はうちの娘でした」

やはりここが実家で、この人が草壁さんのお母さんで間違いないようだ。しかしなんだか様子がおかしい。胸の奥がもやっと曇るのを感じた。

「お線香を上げさせていただいてもよろしいでしょうか？」

「はい。どうぞ」

そう答えるとおばさんはさっさと一人で家の中に戻ってしまった。玄関の饐《す》えた匂いが不安を増幅させる。自分でやって来て言うのもあれだが、そもそも突然やって来た人物を疑いもせず簡単に家に上げてしまっていいのだろうか？　色々と戸惑ったが「お邪魔します」と声を掛けて上がらせて貰った。

おばさんの後を追ってリビングに入ると、足の踏み場もない状況だった。紙くずや空き缶といったゴミの他、争った痕跡のように写真立てや本なども散らばっている。

「散らかっててすいませんね」

おばさんはお茶を溢《こぼ》してしまった程度に恥じらう苦笑いを浮かべた。

娘が他界して一年。未だ癒えていない心の中を表したような荒廃ぶりだった。

無理に草壁さんを連れてこなくてよかったと安堵する。こんな姿の母や実家の惨状を見たら悲嘆に暮れることだろう。

「久瑠美、お友達が来てくれたよ」と仏壇に声をかけている。

仏壇の前だけはものが散らかっておらず、その前に座ったおばさんは手を合わせて目を閉じていた。足許に気を付けながらその隣に座る。

仏壇にはよく見つけたなと感心するほどの笑顔を浮かべた制服姿の草壁さんの写真が飾られていた。

位牌の前で手を合わす人は普通、本当に死んだんだなと実感するだろう。しかし幽霊の彼女しか知らない僕は、遺影を見て本当に生きていたんだなと実感する。

お参りの後、おばさんがお茶を出してくれた。久瑠美さんはどんなお子さんだったんですかとか、一番の思い出はなんですかとか、予《あらかじ》め用意してきた質問はどれ一つ出来るような状況ではない。気まずいほどの静けさが澱《よど》んだ空気に充満していた。

「久瑠美が亡くなって、もうすぐ一年なんですね」

沈黙の気まずさなどなかったかのような唐突さで、おばさんは独り言のように呟いた。

「ええ。そうですね」

突然おばさんはぴくんっと瞼を震わせ、僕の顔を見た。さっきからずっとここにいたのに、今はじめて僕に気付いたかのような目だった。

どうみてもかなり情緒不安定だ。不穏な気持ちが僕の心を覆い始める。

「あなたは、久瑠美の彼氏だった人？」

「い、いえ。違います。友達です」

「そう。勘違いね」

おばさんは薄く笑って、また僕に興味をなくしたように瞳を濁らせた。

「勘違い？」

「なんでもないの。ごめんなさいね、変なこと言って。あの子にも彼氏がいたのかなって思って」

「いえ……」

散らかり放題の室内といい、情緒不安定な態度といい、尋常ではない気配を感じた。おばさんはそれっきり何も喋らなくなり、再び重苦しい空気が荒《すさ》んだ部屋を埋め尽くす。娘が夭逝したことを悼《いた》んでいる。それは間違いないだろうが、それだけではない違和感もあった。

「久瑠美っ……」

「え？」

おばさんが急に再び語り出した。あまりの唐突さにお茶を溢しそうになるほど驚いてしまった。

「久瑠美が死んで、ニュースになったでしょ」

「は、はい」

「あのときは大変だったわ。そこそこ小説が売れ始めていたから、取材とかも来て。最初は文芸雑誌の特集くらいだったけど。次第に本が注目され、ワイドショーも来てね。それから本当に大変だったの」

八万部だった発行部数が四十万部に跳ね上がったのだから、かなりの騒ぎだったのだろう。人の不幸を美談に変え、捏造《ねつぞう》した感動を捻《ね》じ込み、それまで興味もなかったくせに惜しい才能を亡くしたとコメンテーターは声を震わせたのだろう。

「これまでの本が急に売れだして、遂には映画化の話にまでなっちゃって」

おばさんは次第に変な熱を帯びながら語り出していた。もはや完全に僕に対してではなく、怒りにまかせて喋っていた。

「あの子が書いた物語が評価されたのが嬉しかったし、供養にもなると思って漫画化も映画化もみんな許可したの。でも沢山のお金がね。沢山のお金が振り込まれたの。お金は駄目ね。特に不幸に起因して入ってくるお金は駄目」

「おばさん？　大丈夫ですか？」

「急に親戚面してやってくる人が増えたわ。ろくに知りもしないくせに、突然あの子の死を悲しみ始めて！　死体を食い散らかすハイエナみたいに、金の匂いを嗅ぎつけてわらわらとっ！」

テーブルにあったボックスティッシュを摑んで激しく床に叩きつけた。突然のことにビクッとしてしまう。

「主人はずっと自分のことを責めているの」

おばさんは涙を流しながら、天井を見上げた。

「優しい人だから。久瑠美に独り暮らしさせた自分を責めて。地元の大学に通わせればよかった、父親として守ってやれなかった、そんなことばかり言って。そんなことないって慰めると急に怒り出すの。それまで喧嘩なんてほとんどしなかったのに、口を開くたびに喧嘩になって。それで最近ではほとんど何の会話もなくなってね」

不幸は連鎖するものだ。彼女の死は一年経ってもご両親に癒えない傷を負わせていた。

「おばさんも、おじさんも、久瑠美さんも、誰も悪くなんてありません」

そんな言葉が届かないことくらい分かっている。それでも声に出さずにはいられなかった。

肩に手を置いて励ますとおばさんは驚いたように僕の顔を見て、泣き喚《わめ》きながら椅子から崩れ落ちて床に丸まる。

いまこの人の耳に届くのは、草壁さんの声だけかも知れない。しかしこんな状況の母親に、とても彼女を会わせることは出来ない。

会いに来るべきではなかった。

馬鹿な僕は安っぽい奇跡と感動を期待して、何時間もかけてここまで来てしまった。

でもそんなことが起きるはずはない。軽薄なコメンテーターと僕は、なんの違いもなかった。無責任な正義感で、悲しみを美談に変えようとしていた。

そんな浅はかで軽率な自分を殴り倒したかった。

「突然押し掛けてすいませんでした。失礼します」

僕のその言葉も、きっとおばさんには届いていない。

投げ捨てられたティッシュの箱を取り、テーブルの上に置いてから草壁さんの実家を後にした。


外に出るとすっかり日も落ちてしまっていた。ナイロンジャケットの襟をかき合わせる。胸元には海水浴のときにアクセサリー屋で作ってもらったピンバッジが付いていた。このピンバッジを作ってもらったときの草壁さんの喜んだ顔を思い出す。いや、あのとき彼女は水中眼鏡に憑依して隠れていたから姿は見えなかった。見ていないはずなのにやけにはっきりと草壁さんの笑顔を思い出した。彼女の記憶ばかり心配していたが、僕の記憶だって曖昧だ。見たこと聞いたことを忘れ、見てもいないことを鮮明に思い出す。

途方に暮れた僕は、気が付けばまたあの浜辺に戻ってきていた。そのときようやく本来の目的であるスマホのことを思い出す。いずれにせよあんな状況でスマホを探すことは不可能だ。

今日のことを、草壁さんになんて説明すればいいんだろう。

そのことを思うと、心の中が闇で覆われた。

空と海との境目も分からなくなった日没後の薄暗い景色を眺め、ただ草壁さんのことを考えていた。

とてもいま見た状況をそのまま話すことは出来ない。

本が売れてお金が入ったから親戚も増えたみたいだよ。でもお母さんが心を病み、お父さんはずっと自分を責めている。家の中は強盗に押し入られたみたいに散らかってて足の踏み場もなかったよ。そんなこと、言えるはずがない。

彼女には嘘をつこう。

そう、これはついてもいい嘘だ。いや、物語といってもいい。

草壁さんの死後もなにも変わらない、温かくて幸せで、でもちょっとだけ草壁さんを失った悲しみが残っている世界。そんなものがあったっていい。たとえ作り話でも、その話に草壁さんが安らぎを覚えてくれるのならば、それでいい。

僕は草壁さんを思い浮かべ、嘘の練習を始める。

「草壁さんの両親って本当に仲がいいんだな。あの様子だと来年辺りには妹か弟が出来るんじゃね？」

無理に笑うと涙が溢《あふ》れてきた。

「草壁さんの子どもの頃の写真も見たよ。あの頃はあんなに可愛かったのにどうしちゃったんだよ？　途中で他人と入れ替わったのかと思ったし。草壁さんの部屋も見せてもらったよ。草壁さんがいたときのままでキープして、今でも一週間に一度は掃除してるんだって。たまに夫婦でその部屋で娘の運動会やら家族で旅行に行った動画を観てるって言ってた。僕にも観させてこようとするから焦ったよ。もちろん断ったけどね。他人のホームビデオほどつまらないものはないからさ。なにせずっと話し掛けてくるから一人になるチャンスがなくてスマホは探せなかったんだ。ごめん。なにしに行ったんだよって話だよね。あ、そうそう、草壁さんが笑ってる写真も見つけたよ。笑えば可愛いんだから、僕の前でも笑っ」

嗚咽で息が出来なくなり、言葉が続かない。ここ数年経験したことがないくらい感情が爆発し、頭がくらくらした。

「くそっ！　くそっくそっくそっくそっ！」

悔しくて砂浜を殴った。何度も何度も殴り、あとは仰向けに倒れて思いきり泣いた。

場違いなほど綺麗な星空が広がっていた。

「ごめん、草壁さん！　馬鹿でごめん。余計なことばっかしてごめん！　でも僕は草壁さんに、久瑠美さんに笑ってもらいたくて……悲しんで欲しくなくて。久瑠美さんが死んだ後の世界も、みんな君を愛してて、誰も忘れていない。そんな優しい世界があるんだって、知って欲しくて。ただ久瑠美に笑ってもらいたかったんだよ！　僕は久瑠美が好きだからっ！　好きだから、ただ笑ってもらいたくてっ……喜んでもらいたくて……」

「もう分かりましたから」

「えっ……」

　突如草壁さんの声が聞こえ、驚いて身を起こして辺りを見回す。

「ここですよ。ここ」

「く、草壁さん!?　どこにいるんだよ？」

「ピンバッジです。巻き貝のピンバッジに憑依してるんです」

「えっ？」

　驚いて胸元に刺したピンバッジを見る。別に草壁さんが憑依したからといって、見た目にはなんの変化もない。でも突然そこに彼女の気配を感じた。

　僕に話し掛けなければ、草壁さんの声は聞こえない。もちろん直接触っていれば声は聞こえるが、上着についたピンバッジだから僕と触れていない。だから今まで声が聞こえなかった。

　唖然《あぜん》とする僕の前に、いたずらが成功して喜ぶ子どものような顔をした草壁さんが幻影のようにふわーっと現れる。でも目は真っ赤で、泣き腫らした瞼が痛々しかった。

「まさか……草壁さんはずっと」

「ずっと一緒でしたよ。全部見てました」

「そんなっ……」

全て見られてしまっていた。家の中がめちゃくちゃなのも、両親の仲が壊れかけてしまっていることも、すべて知られてしまっていた。目眩《めまい》がして、血の気が引き、全身の力が抜けた。

そう言われてみれば先ほどおばさんと話しているとき、ところどころ話が嚙みあっていなかった。あれはもしかしたら草壁さんが話し掛け、おばさんが反応していたのかも知れない。

僕はまた、知らなくてよかった苦しみを暴いて彼女に見せてしまった。本当に馬鹿だ。どうしようもない愚か者だ。

「全然気付かないんですもん。おかしくて笑いを堪えるのが大変でしたよ」

草壁さんはコロコロと転がるような声で笑った。それはゾッとするほど、場違いに陽気な声だった。

「ごめんっ！　草壁さん、本当にごめんっ！」

「ううん。もう、いいです。私は親より先に死ぬという一番の親不孝をしたんですから。罪を犯したら罰を受けるのは当然ですよ。可哀想なのはお母さんとお父さん。私のせいで辛い思いさせちゃったな……」

幽霊のくせに憑きものが落ちた。そんな吹っ切れた口振りなのが余計に僕を苦しめた。

「本当に、なんて謝ればいいのか」

「じゃあ一つだけ、わがままを聞いて下さい」

僕は再び草壁さんの実家に来ていた。

『もう一度母のところに行って下さい』

彼女のわがままとは、それだけだった。

「じゃあ、いくよ」

「はい」

チャイムを押すとまた数分後に部屋の奥から足音が聞こえた。

「あら？　あなたはさっきの」

小さく開いた隙間から草壁さんのお母さんが顔を覗かせた。僕は黙って会釈する。

そのタイミングで草壁さんがピンバッジから飛び出す。

「お母さん、先に死んじゃって、本当にごめんなさい」

「きゃあっ!?」

驚いたおばさんは仰け反り、そのまま尻もちをつく。

「お母さん大丈夫⁉　驚かせてごめんなさい」

「久瑠美……？」

「私まだ成仏できなくて、こうして幽霊になってるの」

「ゆ、幽霊？　なに？　どういうこと？　私、おかしくなっちゃったのかしら……」

「いきなりそう言われても、訳わかんないよね。ごめんなさい」

草壁さんは目に溜めていた涙をぽろりとこぼし、痛々しい笑顔を作った。それを見たおばさんは驚いた顔からゆっくりと笑顔に変わり、「ううん」とゆるやかに首を横に振る。状況を理解したのか、逆に幻を見ていると割り切ったのか、いずれにせよ目の前の幽霊を自分の娘だと認めた様子だった。

「幽霊になって、会いに来てくれたんだね」

「うん。どうしてもお礼が言いたくて」

「お礼？」

草壁さんは少しはにかみながらおばさんの目を見る。

「私を産んでくれて、ありがとう。短い人生だったけど、楽しかったよ」

おばさんの目から涙が溢れ、嗚咽を漏らしながらその場にしゃがみ込んだ。

「久瑠美っ……ありがとう、こちらこそ……ありがとうね」

蹲《うずくま》ったおばさんの背中を草壁さんが何も言わずに擦《さす》る。触れられない草壁さんの代わりに、僕も擦った。何度も何度も、落ち着いてくれるまで何度も、その小さな背中を擦った。

「それにごめんなさい。せっかく産んでくれて、大切に育ててくれたのに、先に死んじゃって」

「久瑠美が悪いんじゃないんだから謝らなくていいの。人生これからっていうときに死んでしまったあなたが一番辛いのに」

せっかくの再会の邪魔にならないよう、僕は黙ってただ傍《そば》にいた。

リビングに移動すると、おばさんは慌てて部屋を片付けだした。しかしそんなにすぐに片付けられるレベルではない。

「もう、お母さん。駄目だよ、こんなに散らかしちゃ」

「ごめんね。これからちゃんと片付けるから」

「約束だよ。あとお父さんともちゃんと仲良くすること」

「さっきの会話、聞かれちゃってたの？　まいったな」

おばさんはまだ乾いていない目尻を下げて恥ずかしそうに笑う。

「ちゃんと見てるからね。お父さんとお母さんがちゃんとしてくれないと、私も成仏できないんだから」

草壁さんも赤い目をしながらおかしそうに笑っていた。せっかく再会したのに僕がいたら邪魔だろう。おばさんに断って草壁さんの部屋に行き、一人でスマホを探すことにした。

リビングや廊下と違い、草壁さんの部屋だけは綺麗に整頓されている。シンプルな部屋には飾り気がなく、色とりどりなのは本棚に並ぶ小説の背表紙くらいだ。几帳面に出版社ごとに並べているので統一感がある。下の段には卒業アルバムなどがあって興味をそそられたが、よけいなものに触れるなと釘を刺されているので手に取らない。

「さて、と」

草壁さんの記憶では古いスマホは勉強机の引き出しにしまっているとのことだった。

「確か上から二番目の引き出しだったよな」

そこにはハサミや折り紙、スティックのりなどが収納されていた。どうやら工作などで使う文房具や糸などの裁縫で使うものがまとめられているようだ。奥の方まで探したがスマホは出てこない。

「あれ？　おかしいな」

もう一度手を差し入れて探ってみると上板に何か貼り付いている感触があった。明らかにスマホではなかったけれど気になって剥がしてみると小さな鍵だった。セロテープで上板に貼りつけていたようだ。どこの鍵なのか少し気になったが、今はそれよりスマホを探さなくてはいけない。

草壁さんの記憶違いという可能性もあるので勉強机の他の引き出しも探したが、スマホは出てこなかった。あと学習机で探していないのは一番上の鍵がかかった引き出しだけだった。

「あ、もしかして」

先ほど見つけた鍵はこの引き出しのものなのかもしれない。試しに挿してみるとぴったりと嵌った。

(勝手に開けていいのかな?)

ちょっと躊躇ったがスマホを探すだけで関係のないものを物色するわけではない。自分にそう言い聞かせて鍵を回した。かちりという開錠の感触を確認してから引き出しを開ける。

「あっ……」

引き出しを開けてすぐ目に入ったのは一枚の写真だった。

ドレスを着て、満面の笑みを浮かべ、賞状を手に持つ草壁さんの写真だ。服装や雰囲気からいって、恐らく音楽発表会のものだろう。もともと美人な彼女だが、この写真は取り分け美しかった。フォトフレームも無機質な部屋のインテリアにはそぐわないアンティーク調でデコレーションのある可愛らしいものだった。

思わず手に取ってしまい、しばらく見惚れてしまった。

「きれいだな、草壁さん」

当たり前のことだけど、僕は一枚も彼女の写真を持っていない。どうしてもこの写真が欲しくなってしまい、僕はナイロンジャケットのポケットにその写真をそっとしまった。

「見つかりましたか?」

「うわっ!?」

急に背後から声をかけられ、慌てて一番上の引き出しを閉めた。

「どうしたんですか、そんなに慌てて?」

草壁さんが不思議そうに首を傾げてこちらを見ていた。

「い、いや、なんでもない。それよりお母さんと話してたんじゃないの?」

「それが寝ちゃったんです。きっと驚きやら戸惑いで混乱して一気に疲れちゃったんだと思います」

「そうなんだ」

確かにお母さんはかなり疲れていた。あの状況で娘が幽霊として帰ってきたら頭がパニックになって寝てしまうのも仕方ない。

「スマホ、見つかりましたか?」

「それが見つからないんだ」

「あれ、そうですか？　おかしいな」

草壁さんが怪訝な顔をして学習机に近づいてくる。一番上の引き出しを開けたことがバレるんじゃないかと、緊張で鼓動が速くなる。

「あっ！」

「えっ!?　なに!?」

バレたと思った僕はビクンっと身体が震える。しかし草壁さんからは意外な発言が飛び出した。

「そういえば学習机じゃなくて押し入れの衣装ケースに入れたかもしれません」

「押し入れね。了解」

ホッとしながら指示された押し入れの衣装ケースを開けると、確かにそこには角の塗装がちょっと剝《は》げたスマホがあった。

「それです。懐かしいなぁ」

草壁さんは目を細めて古いスマホを見詰めていた。

数分充電させてから電源をオンにすると、古いスマホは永い眠りから覚めるようにゆっくりと立ち上がる。草壁さんの指示に従いメモ機能を開くと、確かにそこには三角関係をテーマにした短編小説が書かれてあった。

「うわっ、もう恥ずかしいなぁ、昔の自分の文章って」

「そう？　今の草壁さんの文章とそんなに違わないと思うけど」

「全然違います。あんまりまじまじと読まないでください」

「読まなければ内容が分からないだろ」

いつも通り言い争いながら二人で中学時代の草壁さんの作品を読む。

「えっ？　なにこれ？」

短い小説を読み終えて唖然とする。二股をかけられてフラれた主人公が男装をして浮気相手だった女子を誑《たぶら》かしてネタ明かしをするというしめくくりだった。突飛すぎるアイデアだし、なによりこのオチでは『君にダリアの花束を』に流用することはとてもできない。

「これは、ひどいですね。すいません」

「い、いや、うん……面白いと思うけど、ちょっと今回は使えないかもね」

あまりに彼女が落ち込んだ顔をするので思わずフォローをする。でもこんなもののためにはるばる何時間もかけてやって来たかと思うと笑える。じわじわとおかしさがこみあげてきて、遂に堪え切れなくなって声を上げて笑った。はじめは「笑わないでください」と怒っていた草壁さんも僕につられて笑い出した。

リビングに戻ると草壁さんが言っていた通り、おばさんは机に突っ伏して寝ていた。

起こさないようにそろっと抱えて寝室まで運ぶ。

「さあ、帰りましょう」

「お父さんと会っていかなくていいの？」

「父は母より弱いし、常識人です。幽霊の私なんて見たら卒倒しちゃうかもしれませんので」

「そうか。わかった」

草壁さんが決めたことならそれでいい。僕らは家を出てバイクに跨る。

「私は幸せ者ですね」

「なんで？」

「だって普通死んだら、もう二度と親と会うことも声を掛けることも出来ないんですよ。最後に謝ってお礼も言えたんですから、幸せ者です」

卑屈さも自虐もない、明るい声で草壁さんはそう言った。

「草壁さんは強いな。尊敬するよ」

「都賀さんが連れて来てくれたからです。ありがとうございます」

悲嘆に暮れる両親や荒れ果てた家の様子など、本当は見たくなかったはずだ。僕に罪悪感を抱かせないように気を遣ってくれているのかもしれない。

「それにしても意外だったなぁ」

「意外？　なにが？」

「都賀さんが私を好きだったなんて」

「あ、あれはっ」

触れてこないからてっきりスルーしてくれたものだとばかり思っていた。油断させておいて後から言ってくるなんて、さすがは陰湿な草壁さんだ。

「いいんですよ、誤魔化さなくたって。まあ私みたいな美人で賢くて清らかな人がそばにいたら惚れちゃうのは分かりますけど」

「はあ？　そこまでは言ってないけど」

図々《ずうずう》しい台詞《せりふ》にツッコむと草壁さんは愉快そうに笑った。

「じゃあどこが好きなんですか？」

「それは……いいだろ別に」

「ふうん。まあいいです。帰り道は何時間もあるんですから。その間に聞かせてもらいます」

「透明感だよ。物理的に透き通るような草壁さんの透明感が好きなんだ」

「はあ？　なんですか、それ。じゃあ幽霊だったら誰でもいいんじゃないですか。見境ないですね」

珍しく草壁さんは僕のジョークで笑ってくれた。

「そういえば私に告白したとき、どさくさに紛れて久瑠美って呼び捨てにしてませんでしたか？」

「あれは、その、勢いというか」

「まぁそれほどまでに私のことが好きなら仕方ないです。特別に久瑠美と呼ぶ権利を与えます」

「どれだけ上から目線なんだよ、まったく」

今にして思えばこのときの彼女は明るすぎた。このときそれに気付いていれば、少しはなにか変わったのかも知れない。

でも馬鹿な僕は明るく笑う草壁さんが嬉しくて、そんなことに気付く余裕すらなかった。

16

旅から戻った翌日、いつものように線香を焚き、ドールハウスから猫のストラップを取り出した。

「おはよう、く、久瑠美」

僕は久瑠美と呼ぶ権利を得たらしいけど、いざ呼んでみると気恥ずかしいものだ。

そして久瑠美の方も恥ずかしいのか、声をかけても出てくる様子がなかった。

「おーい。久瑠美。朝だよ」

再び呼んだがやはり出てこない。

「ちょっと、久瑠美」

胸騒ぎがしてストラップを揺り動かした。すると怯えた目をした久瑠美が逃げるように飛び出してきた。

「大丈夫？」

近づこうとすると彼女はビクッと震えて身を縮めた。昨日はやけに明るかったがやはり無理をしていたのだろう。

その程度の憂慮をしていた僕は、次の瞬間打ちのめされた。

「どうしたの？　具合悪い？」

「あ、あのっ……どちら様、でしたっけ？」

これまでも久瑠美の記憶は色々と消えてきた。優羽のことも、基樹のことも、通っていた大学も、『くるみ』というもう一つのペンネームも、高校時代の友達の名前も忘れてきていた。しかし事故後に霊となってからの記憶は消えていなかった。

消える記憶は生前のもので、幽霊となってこの世に舞い戻ってきた後の記憶は消えないものだと勝手に思い込んでいた。だが久瑠美は死後の出来事まで忘れ、遂には僕のことまで忘れてしまった。

恐らく昨日の出来事がショックで一気に記憶が崩壊してしまったのだろう。気丈に振る舞っていたが両親が深く悲しみ、仲違《なかたが》いまでしてしまっていたことは久瑠美の心を抉ったに違いない。僕は取り返しのつかないミスを犯してしまった。

「本当に僕のことが、わからないのか？」

もう一度確認すると久瑠美は申し訳なさそうに小さく頷いた。

「自分の名前は分かる？」

「は、はい。私は草壁久瑠美です」

「草壁？　いや本名の方だ。まさか覚えてない？」

そう訊ねると不安そうに首を振った。

「草壁久瑠美はペンネームだ。もしかして自分が小説家だっていうことも忘れてしまったとか？」

「い、いいえ。それは覚えてます。本名をペンネームにしていたはずです。というか、あなたは私が作家だって知っているんですか？」

彼女は不思議そうな顔をして本棚に視線を向けて自著が入っているのを確認し、初めてちょっと嬉しそうな顔をした。

「私の本が全部揃ってる……もしかして私のファンなんですか？」

本棚にコミカライズ版も並んでいることを思い出して慌てて背中で隠した。

「そうか。作家だということは覚えてるのか。よかった」

どうやらすべての記憶が消えたわけではないようだ。それだけでもホッとする。

「その……言いづらいけど……いまどういう状況なのか分かってる？」

死んだことまで忘れてしまっていたならばそれを伝えるのは酷なことだ。しかしさすがにそれは覚えているらしく、沈んだ表情になった。

「私は交通事故で死にました。そこまでは覚えています。でもなんでこの部屋にいるのか……」

見知らぬ景色を眺める目をしてきょろきょろと辺りを見回す。自分が住んでいた部屋とは様変わりしているからここが自分の元住んでいた部屋だということも分かっていないようだった。

そのとき天啓のように、もしくは悪魔の囁きのように、または小説家が物語を思いついたかのように、ひとつのアイデアが浮かんだ。

「本当に僕が誰だか覚えていないんだ？」

「……はい。すいません」

記憶がなくなり、雛鳥《ひなどり》のように怯える久瑠美。いま彼女を守れる人間は僕しかいない。そして頼れる人間も、僕しかいない。もうこれ以上彼女を傷つけないために、僕はどんなことでもすると覚悟を決めた。

「僕は都賀八馬飛。久瑠美の恋人だった男だ。本当に覚えていない？」

「えっ!?」

久瑠美は目を丸くし、呆然とした顔で見詰めてきた。

「覚えてないんだ？」

「そう言われれば、あなたのことはどこか見覚えがあります。とても大切な人だった……でもそれ以上は思い出せなくて……ごめんなさい」

懸命に記憶を手繰ろうとすると頭が痛むようで、久瑠美は眉を歪めてこめかみ付近を押さえた。

「無理に思い出さなくていい。ゆっくり思い出していけば」

「でも……」

久瑠美は不安げに僕の顔を見た。目を逸らすと恋人だという嘘を暴かれそうな不安に駆られ、僕も久瑠美の瞳をじっと見つめ返した。

「僕が君の彼氏だったという証拠もある。ほら」

そう言って『君にダリアの花束を』の原稿束を見せる。

「これは？」

「久瑠美が生前書いていた小説の原稿だ。すごくいい作品だから読んでくれって僕に渡してきたんだ。でも世に送り出す前に久瑠美はこの世を去ってしまった」

「そうだったんですね……」

「僕はいまこの作品を完成させて刊行しようと編集者の宇佐美さんと相談している」

半分本当で半分嘘の作り話に、久瑠美は感動したように目を潤ませていた。

人を騙すというのはあまり気持ちのいいものではない。しかしこのときはそんな罪悪感などなかった。むしろちょっと嬉しいとさえ感じていた。

「もしかしてこの小説のことも、忘れちゃった？」

「すいません。でも内容を聞いたら思い出せるかもしれません。読んでもいいですか？」

「もちろんだよ」

僕は一枚ずつ原稿を捲り、久瑠美に読ませた。小説を読むときの久瑠美の表情は記憶を失う前と変わらず真剣だ。それが僕を少しだけ安心させた。

「どう？　思い出せた？」

最後まで読ませて、期待と不安をない交ぜにして訊ねる。しかし久瑠美は困ったように首を傾げてしまった。

「さっきも言ったけど無理に思い出そうとしなくていいからね。ゆっくりと思い出していけばいい。それにたとえ何も覚えていなくても原稿はもう大体できているんだから思い出す必要はほとんどないんだ」

「いえ。そうじゃないんです」

申し訳なさそうに久瑠美は首を振る。

「この小説、私はあまりいいものだとは思えないんです。すいません」

「えっ!?」

予想もしなかった反応に鼓動が速くなった。覚えているとかいないとかいう以前の話だ。

「確かにちょっと文章とか普段の久瑠美よりも凝ってないかもしれないけど、それはわざとそう書いたんだ。編集長の意向っていうのもあって、今回の作品はちょっと簡易な文章にしたいとかいう話で」

「そうじゃないんです。このストーリーがあまり好きになれないんです。暗いというか、悲しすぎるというか、救いがなさすぎると言いますか……」

「そ、そうなんだよ！　まさしく久瑠美は同じことを言ってた。だからもっと希望あるラストにしたいんだって。それを僕と一緒に考えている最中だったんだよ」

「都賀さんと？」

「そう。一緒に頑張ろう」

予想した展開とは違っていたが、予定通りの着地点が見えてきて僕は大きく頷いた。むしろこの結末に納得がいっていないなら、いい結末を思いつけるかもしれない。そんな期待で胸が高鳴る。

だが、そう簡単な話にはならなかった。

「私はこの作品をどう変えようが魅力的な作品になるとは思えないんです。ごめんなさい」

「そんなっ……あれほどこだわって書いてただろ！」

駄々をこねるように訴えても久瑠美の表情は浮かないままだった。

「もうこの作品は刊行に向けて動いてるんだよ」

「ならば止めてください。この作品が私の遺稿として発表されるなんて嫌です」

「もしかして小説を書きたいっていう気持ちもなくなってしまったとか？」

それだけが霊となった久瑠美の原動力だった。その核をなくしてしまったら、久瑠美は消滅してしまうかもしれない。それだけは避けたかった。

「いいえ。そんなことはありません。小説は書きたいです。でもそれはこの小説ではないんです」

「そうか……」

作家としての気持ちは消えていなかったのでひとまず安心する。

「よし、わかった。じゃあいい。ここから先はひとまず僕が書く」

「えっ？」

久瑠美は目を丸くして唖然とした。

「都賀さんも小説家なんですか？　作家カップル？」

「そうじゃないけど……でもここまで来て完成させないなんてもったいないだろ」

こんなところで久瑠美の大切な思いの詰まった作品を投げ出せない。久瑠美がこれ以上進めないなら僕がやる。もちろん小説なんて書けないが、直すくらいは僕にでも出来るかもしれないし、救いあるラストが浮かべば久瑠美もやる気になってくれるかもしれない。

「小説を書いたことがない都賀さんが書くんですか？　へぇ。それは楽しみですね」

「絶対馬鹿にしてるだろ」

「してませんよ。この悲しい物語にどんな救いを加えるのか、読めるのを楽しみにしておきます」

喜んでいるのか、馬鹿にしているのか、微妙な微笑み方だった。喩《たと》えるならお手伝いをする子どもを見る親のような眼差《まなざ》しだ。本気で期待はしてないけど、その心意気を喜んでいる。そんなところだろう。

それにしても記憶を失う前より今の方がなんとなく穏やかで優しい性格な気がする。

僕が彼氏だと信じているからなのか、それとも本来はこういう性格なのか、どちらかは分からないがいずれにせよ記憶をなくすのも悪いことばかりじゃないようだ。

久瑠美を部屋に残し、近所の公園に行って宇佐美さんに電話を掛けた。とにかく一度この状況を伝えなければいけないし、嘘をついている口裏を合わせてもらう必要もあるからだ。

「なるほど。生前の記憶はおろか、霊になってからの記憶もなくなったということですか」

事情を聞いた宇佐美さんは悲しげにそう呟いた。しかしそれほど驚いた様子はなかった。もしかすると宇佐美さんはこの状況を予測していたのかもしれない。

「すいません。僕のせいです。僕が実家なんかに連れていかなければ」

「いえ。それは仕方のないことですし、草壁さんも感謝されていたならよかったです。ご自分を責めないでください」

「こうなってしまった以上、救いのある結末は僕が考えます。だから刊行取り消しは勘弁してください」

「それはもちろん、こちらからもお願いしたいことですが……でも大丈夫ですか？

草壁さんは書く気がないんですよね？　アイデアがあってもそれを文章に出来なけれ

ば完成は難しいかもしれませんよ」

「それはなんとかします。いいアイデアが浮かんだらきっと草壁さんもまたやる気を取り戻してくれるはずなんで。なにせ草壁さんは小説を書きたいという意欲は消えてませんから」

「わかりました。ギリギリまで私も待ちますので引き続きお願いします」

宇佐美さんが事情を分かってくれていてよかった。助けてくれる仲間がいるということは心強いものだと柄にもなく感じた。

「ありがとうございます。あと、その……すいませんが宇佐美さんも口裏を合わせることをお願いします」

「もちろんです。草壁さんの遺稿を持った都賀さんが私を訪ねてきて刊行に向けて打ち合わせをしている。そういうことにすればいいんですよね？」

「そうです。それとあと一点あるんですが……」

「なんでしょう？」

「あの……成り行き上、僕が草壁さんの彼氏だったってことにしちゃったんです。すいませんがそれも口裏を合わせて頂ければ……」

「へぇ」

急に宇佐美さんはにやついた声に変わる。

「草壁さんの彼氏だって嘘をつかれたんですか？　なるほど」

「い、行きがかり上、仕方なかったんです。他意はありません！」

「他意はないけどコイはあったんですね」

「だ、だから恋とかそういう問題じゃなくてっ……」

「わざとの方の故意ですよ？　どうしたんですか、そんなに焦られて」

宇佐美さんは愉快そうに笑っている。絶対わざとだ。

「ち、違うコイと勘違いしまして」

「へぇ。なにと勘違いされたんです？　魚偏に里の鯉《こい》ですか？」

さすが久瑠美と長年付き合ってきただけはある。宇佐美さんもなかなか人をおちょくるのが上手なようだ。

アパートに戻ると久瑠美はぼーっと窓の外を眺めていた。ちなみに久瑠美原作のコミカライズ作品はいま外出した際に捨ててきたから見られていない。あれを見たらまた久瑠美が憤慨して落ち込んでしまうのは間違いないだろう。もう二度と久瑠美には余計なものは見せないし聞かせない。僕はそう自分に誓っていた。

「ただいま」と声をかけると幼い少女のような無防備な顔で振り返る。

「おかえりなさい」

「どうした？　浮かない顔して」

「なんで都賀さんのことを覚えてないのかな、って不思議に思って。ごめんなさい、恋人なのに思い出せなくて」

自分を責めるような顔で謝られると申し訳ない気分でいっぱいになる。つい本当のことを言いそうになってしまい、なんとか堪えた。

「忘れちゃったならそれでいい。無理に思い出そうと苦しむ必要はないよ」

「ありがとうございます。じゃあ教えてくれませんか？　私たちがどのように出逢ったのかとか、どんな風に付き合っていたのかとか」

「それは、えっと……」

馬鹿な僕は当然されるであろうその質問の答えを考えていなかった。焦りながら頭の中で物語を考える。嘘がバレたらもう僕のことを信用してくれなくなるだろう。いやそれ以上に怖いのは、嘘だと知って傷ついた久瑠美が更に記憶を失ってしまうことだ。

「僕が街を歩いていたら久瑠美に声を掛けられたんだよ」

「私から声を掛けたんですか？」

久瑠美は意外そうな顔をする。まずい展開だ。何とか挽回しなくては嘘がバレてしまう。

「それは、えっと、『この場所に行きたいんですけど、道に迷っちゃって』とか言ってスマホのマップを見せてきたんだ」

「あー、ありそう。私方向音痴だからすぐ道に迷っちゃうんですよね」

久瑠美が微笑みながら頷きホッとする。

「僕も暇だったから一緒に歩いてその場所まで案内したんだよ」

「へぇ？　可愛い女の子だったから？」

久瑠美はニヤニヤと見詰めてくる。

「あぁ、そうだよ。可愛いからだよ。悪い？」

以前は言えなかったようなことも、今は照れずに言えた。

「動機が不純でちょっと残念な感じですけど、そのおかげで付き合えたんだから良しとします。でも今後は他の女の子の道案内しないでくださいよ」

話し方も嫉妬の仕方も乙女的で可愛い。素直になると久瑠美はこんなにも可愛かったのかと驚かされる。

「もうしないよ」

「ふぅん？　まあ信じてあげましょう」

「で、そのときはそれっきりで連絡先も交換しなかったんだけど、あとから後悔してさ。連絡先を聞いておくべきだったとか、せめてどこの大学に通っているのかだけでも聞けばよかったって」

「でも私は用心深い性格だから訊かれても答えてなかったかも。それでどうやって再会したんですか？」

「それは、その……諦めきれなくて、僕は出逢った場所から送った場所まで何回も足を運んだんだ。そしたら久瑠美と再会した。実は久瑠美も僕と再会したくてその辺りをうろうろしていたんだ」

「あっ、なんとなく思い出しました。そんなことあった気がします」

記憶にあるはずのない出来事を美しい思い出のようにはにかみながら頷いた。

そして僕もあるはずない記憶の思い出話が鮮明に浮かんできた。

久瑠美が自分亡きあとの世界を拒絶するように忘れたのならば、それでいい。僕が久瑠美の望む世界を創ってやる。

もう二度と久瑠美が苦しむことも悲しむこともない優しい世界を、僕が創る。

「でもなんでそんな素敵な出逢いだったのに付き合っていたときの記憶が思い出せないんでしょう？」

久瑠美は悲しさ半分、訝《いぶか》しさ半分の顔で首を捻る。一難去ってまた一難だ。すぐに頭を回転させて次の嘘を捻り出す。

「それは仕方ないよ。だって僕たちが出逢ったのは事故の数ヶ月前くらいで、付き合い始めたのは一週間くらい前なんだから」

「えっ!?　そんなに短かったんですか？　私、付き合って一週間で死んじゃったんですか!?」

「短かったけど、でもその間いろいろあったんだ。僕にとっては数年分、いや一生分のしあわせを前借りしちゃったくらい思い出が詰まっているよ」

それはあながち嘘じゃない。久瑠美と出逢って、高校一年の頃から止まっていた時間が動き出した。久瑠美と出逢わなければ今でも僕は誰とも心を通わすことなく、何の目標もないまま死ぬまでの時間潰しのような人生を送っていただろう。

「夏に旅行したことは覚えてる？　僕のバイクで、後ろに久瑠美を乗せてさ。予約もせずにリゾートホテルに行ったら満室だって追い返されて。もう帰ろうっていう久瑠美を無理やり連れまわしたんだ」

「あー……それはなんとなく覚えてます。海水浴場に行って、その貝のピンバッジを作ったんですよね？」

久瑠美はにっこりと笑って僕の胸元のピンバッジを指差す。僕との記憶がまだ残っていたことを知り、無性に嬉しくなった。

「そうそう。ちゃんと覚えてるじゃないか。そのあとお祭りに行きたいって久瑠美がわがままを言って」

「探している間に雨が降ってきてびしょ濡れになったんですよね！」

「久瑠美は雷が怖くて泣きそうになってたんだ」

「そ、それは覚えてません！」

久瑠美はやけに焦ってそっぽを向く。相変わらず嘘をつくのは下手らしい。

「めちゃくちゃな旅行だったけど、愉しかったよな」

「はい。不器用だけど優しい人なんだなって、都賀さんのことをちょっと愛おしく感じたことを覚えています」

「そうなんだ……」

久瑠美はあのとき、そんなことを感じてくれていたのか。嬉しくて少しにやけてしまった。

「他にはどんなことしたんですか？　もっと知りたいです」

「そうだなぁ。じゃあ遊園地に行ったことは？」

「遊園地……」と久瑠美は思案顔になる。

「最後に観覧車に乗ろうって誘ったらあれは彼氏と乗るものだからダメだって断られたんだ。あの頃はまだ僕たちは付き合ってなかったから」

「あー、はいはい！　思い出しました。絶叫系に乗ったら都賀さんが酔ってダウンしちゃったんですよね」

「そういう覚えてなくていいことは覚えてるんだな」

「だって嫌いなのに私のために頑張ってくれてたんだって嬉しかったから」

久瑠美は恥ずかしそうにぽそっと呟いて視線を斜め下に落とした。この答え合わせみたいなやりとりは意外なことの連続だ。久瑠美は記憶を失った方が素直で可愛い。

「僕との出来事もちゃんと覚えてるんだな。安心したよ」

「ほんとですね。この調子で色々思い出せるよう、頑張ります」

「いや。別に無理に色々思い出さなくていい。僕のことだけ思い出してくれれば、それでいいから」

余計なことを思い出してまたショックを受けたら記憶がさらに消えてしまうかもしれない。そういう意味だったが、久瑠美は顔を真っ赤にさせて僕を見た。

「そんな恥ずかしいこと、言う人でしたっけ？」

久瑠美はなんの疑いもなく僕を恋人だと信じている。これは久瑠美が望む世界だけではない。僕も願う優しい世界だ。


夜十二時を過ぎてから僕は久瑠美を連れて散歩に出かけた。この時間になれば歩いている人はほとんどおらず、久瑠美も気兼ねなく姿を現して外を歩けるからだ。

久瑠美は機嫌よさそうに小声で歌を口ずさみながらぷかぷかと浮かんでいる。前からこうして散歩に誘うべきだった。そう後悔させられるほど久瑠美は楽しそうだった。

「ねぇねぇ、都賀さん。月がきれいですね」

「ん？　ああ、そうだね。そういえば中秋の名月ってそろそろなんだっけ？」

そう訊ねるとなぜか久瑠美は「知りません」と少し拗ねてしまった。

こうやって散歩をしている最中も僕は頭の中でどんなラストにすべきか考えている。

久瑠美が考えてくれない以上、僕が考えるしかない。

「いいアイデアは浮かびましたか？」

「え？」

「いま『君にダリアの花束を』の結末を考えてたんでしょ？」

「よくわかったね」

「そりゃ彼女ですから。一週間程度の新米彼女ですけど」

久瑠美は照れ隠しで大袈裟に得意げな顔をする。あの素直じゃない皮肉ばかりの久瑠美と同一人物だとはとても思えない。

「あの話はもう手詰まりですって。諦めて新しい小説を書いたらどうですか？」

「そうはいかない。あれは大切な小説なんだ」

「だって作者の私がもういいって言ってるんですよ？」

呆れた顔でそう言われても「はいそうですか」とは言えない。記憶を失う前の久瑠美があれほど大切にしていた作品だ。

「それともそろそろいい案が浮かびそうなんですか？」

「いいや。全然」

「アイデアというのは頑張ったからってそうそう出るものじゃないですよ。それより帰ったら私と映画でも観ませんか？　なにかのインスピレーションを貰えるかもしれませんよ。私も煮詰まったときはよく気晴らしで映画観たりしてましたから」

「なるほど。そういうのも必要なのかも」

完全なるオリジナルなんてこの世の中にはない。人は生きていればどうしてもなにかに影響を受けるものだ。それにたとえなにからも影響を受けずに自分だけで素晴らしいストーリーを思い付いたとしても、どうせ既にある『なにか』に似ている。案外オリジナリティというのは、ありがちなものを自分というフィルターを通して出て来たものを言うのかもしれない。

いい案をもらって、さっそく家へと帰る。

「映画っていってもなにを観たらいいのかな」

動画配信サイトを開いてもあれこれあって目移りしてしまう。

「『ダークナイト』なんてどうですか？」

「洋画？　なんか大人の恋の物語って感じ響きだね」

「なに言ってるんですか？　『ダークナイト』はクリストファー・ノーラン監督によるバットマンシリーズ第二弾の名作です。バットマン最大のライバル、ジョーカーとの対決の物語ですよ」

「バットマン？　なんで恋愛小説のインスピレーションを得たいのにアクション映画なんて観なきゃならないんだよ？」

　当然の抗議に久瑠美は呆れ気味のため息をつく。

「やっぱりなんにも分かってないですね。名作からは色んなものが得られるんです」

「でもヒーローアクション映画だろ？」

「ダークナイトをただのヒーローアクションだと思わないでください。度肝を抜かれますよ」

「いや、別に度肝は抜かれなくてもいいんだけど」

「まあ騙されたと思って観て下さい」

　記憶をなくした割に映画のことはよく覚えているらしい。僕の存在はそれ以下なのかとちょっとふて腐れてしまう。久瑠美が記憶をなくすのは辛い思いとリンクした記憶だけだから、映画に関する記憶は無事なんだと心の中で自分を慰めておく。

　ダークナイトは確かにすごい作品だった。オープニングの銀行強盗シーンから圧倒され、その後も異常なまでのジョーカーの行動から目が離せなかった。しかもヒロインはバットマンともう一人の男性の間で心を揺さぶられるという、『君にダリアの花束を』と同じ設定のラブストーリー的な要素もあった。確かにこれはただのヒーローアクション映画ではない。

しかし――

「これのどこに救いのある結末のヒントがあるんだよ？」

スタッフロールを眺めながら久瑠美に文句を言った。

「そんなもの、あるわけないじゃないですか」

「はあ？　じゃあなんで観させたんだよ」

「だから最初に『騙されたと思って』って言ったじゃないですか。騙したんですよ」

「普通そのセリフ言って本当に騙す奴いないだろ」

なかなか面白い映画だったから観たことに後悔はないが、してやったりの顔でにやける久瑠美を見ているとなんだか納得がいかない。記憶をなくしても性格が悪いのは直っていないようだ。

「次は大丈夫です。『ブリジット・ジョーンズの日記』ですから。これも二人の男性の間で揺れる女性の話です。まさにピッタリの作品ですよ」

「僕は観ないからな。早くアイデアを練って書き上げ、宇佐美さんに送らなくっちゃいけないんだから」

「アイデアは浮かんだんですか？」

「それは、まぁ、これから考える」

「結構難しいでしょ、小説って」

「難しくてもやるしかないだろ。既に宇佐美さんや出版社も巻き込んでるんだし。それにこの小説だってこのままじゃ浮かばれない。ここまで書いたんだ。あとひと頑張りして世に送り出してやらないと」

「へえ。ずいぶんと作家みたいなこと言うんですね。でもまだまだです。一番大切なことが分かっていません」

　床に座った久瑠美は目を細めて立てた膝の上に顎を置く。スカートを穿いているんだからもう少し姿勢には気を付けた方がいい。

「一番大切なこと？　諦めずに頑張ることじゃないの？」

「それも大切ですけど一番じゃありません。というか今の状況ではその考えが一番駄目だと思います」

「真剣に悩むのが駄目なのか？」

「まぁ真剣に悩むのは悪くないです。でもそんなに苦しんでいたらいいアイデアなんて出てきませんよ」

　久瑠美は咎めるような目で僕を見た。

「いいですか。小説を書く上で一番大切なこと。それは愉しむことです」

「えっ？　どういうこと？」

「小説を書くということは確かに苦しいこともあります。なんにもない『無』から物語を創り出す訳ですから。でも基本的に愉しくなくちゃ駄目なんです。じゃないといいものなんて出来ません」

なるほど。言われてみればそうなのかもしれない。創作とは基本的に愉しんで行うものなのだろう。

「もちろん面白おかしいっていう意味ではないです。悲しい話でも苦しい話でも、物語を紡ぎ、綴《つづ》っていくという愉しさがなくてはいけません」

「確かに少し肩に力が入りすぎていたのかも。アドバイス、ありがとう」

「どういたしまして」

眉と口許の力を抜いただけのような久瑠美の微笑みに癒される。

「でも愉しむコツってあるの？　正直なにも浮かばないと、かなり焦るし苦痛なんだけど」

「だから考えすぎないで映画観たり、他のことしてみたらいいってさっきから言ってるじゃないですか」

「なるほどね」

最初から答えを言われても、実際に困難にぶつからないと理解は出来ないものだ。

『知る』ことと『理解』することは似ているようで、まるで違う。

ここは久瑠美に従った方がよさそうだと素直に感じた。

17

創作を愉しむためにはインプットが必要だと断言する久瑠美に従い、僕のインプット生活が始まった。

映画館に最新作を観に行ったり、カラオケに行ったり、まだ街が眠っているような朝早くに散歩をしたり、夜景を見に行ったり。人目を気にせず久瑠美が愉しめるものを中心にいろいろと行った。人気スポットや話題のものを知らない僕はインターネットやタウン情報誌などで面白そうなところを久瑠美と二人で探したりもした。

インプットなんて仰々しく言うのでもっと難しく高尚なものかとも思っていたが、ほとんどデートと変わらない。これが小説を書くのに役立つのかは分からないが、久瑠美が役立つというのだからきっとそうなのだろう。

そして今日は進捗状況説明を含めた挨拶のために鳳凰出版にお邪魔して宇佐美さんと会う日だった。

「ひゃあっ、草壁さん。なぜここに」

久瑠美を見た宇佐美さんは驚きの声をあげた、つもりなのだろう。宇佐美さんは驚くほど演技が下手だった。これは完全に計算外だ。

「宇佐美さん、ご無沙汰しております」

感動の再会を果たした久瑠美は感極まって涙ぐむ。するとつられて宇佐美さんもうるうるとしだした。これならなんとか誤魔化せるだろうとホッとする。

「実は久瑠美が霊として帰ってきまして――」

これまでの状況と僕が考えた嘘設定を説明する。宇佐美さんがやけに過剰な演技でリアクションするのでバレるんじゃないかと冷や冷やした。演技が出来ない人ほど大袈裟な演技に挑戦したがるものだ。

「なるほど。事情は分かりました。しかし困りましたねぇ。『君にダリアの花束を』はもう年末の刊行が決まってしまっているんです」

それは本気で困っているのだろう、言葉に心が籠もっていた。久瑠美は申し訳なさそうに肩を窄《すぼ》めて俯いている。

「どうしても書けませんか？」

「……すいません」

「私も編集長もこの小説には大きな可能性を感じております」

「こんな暗くて救いのない話、ウケませんよ」

「確かにそうですよね。でもそこは草壁さんが言う通り、ラストを変えて救いのある話にしてしまうんです。そうすれば傑作になることは間違いありません」

「二股をかけていた女性と気付かずに付き合って、最後は捨てられる男性の話ですよね？　どうやって救いのあるラストにするっていうんですか？」

声色は穏やかだが久瑠美の強い拒絶が感じられる。宇佐美さんもどう説得すべきか悩んでいる様子だった。

「結末は僕が考えるから。それで納得がいくものが思いついたらそのときは協力して欲しい」

「なんでそんなに都賀さんは必死なんですか？　私はこの小説を世に送り出したくないと言ってるのに」

そう訊かれ、今さらなぜそんなにこの小説に拘《こだわ》っているのだろうと自問した。

久瑠美がどうしても完成させたかった小説だから。確かにそういう意味もある。しかし今はそれ以外にも大きな理由があった。

「僕がこの小説を完成させたいんだ。このままここで投げ出したくない。最後までやり通したいんだ。これまでの僕は出来ないことはすぐ諦めてきた。無理をするのは大変だし、出来ないことをやろうとしがみつくのはダサいと思ってきた」

サッカーのことを思い出し、古傷が鈍く痛んだ気がしたが構わずに言葉を続ける。

「怪我をして夢を諦めた。人と理解し合えなくて友人を作ることを諦めた。勉強しても成績がなかなか上がらないからレベルが高い大学を諦めた。そうして全部諦めて生きてきた。でも久瑠美はそうじゃなかった。決して諦めなかった。そんな久瑠美を見て、僕も諦めずに頑張りたいと思えるようになった。この小説を完成させられれば、僕はなにかが変われる気がしている」

嘘偽りのない言葉を告げると久瑠美は「はぁ」とため息をついた。

「わかりました。どうしても続けたいなら一人で続けてください。素敵な結末が思いついたら手伝うこともやぶさかではありません」

「本当？　ありがとう、久瑠美」

「ただし、もし完成してもこれを私の遺稿として発表しないでください。こんな暗い話が最後の作品だなんて嫌ですし、そもそも都賀さんが結末を変えたのであればそれはもう私の作品じゃなくて都賀さんの作品ですから」

元々遺稿として発表するつもりはなかったので、そう言ってもらえたことはむしろ助かった。久瑠美が多少だが折れてくれ、僕と宇佐美さんは目を合わせてホッとため息をついた。

「今から行きたいところがあります」

宇佐美さんと打ち合わせをした三日後の夜、久瑠美がそんなことを言ってきた。

「今から？　原稿を急がなくちゃいけないから、ちょっと遊んでいる時間がないんだけど」

「なにを言ってるんですか。『君にダリアの花束を』のアイデアを得るために行くんです」

「え、そうなんだ!?　分かった」

『君にダリアの花束を』には興味がないと言っておきながら久瑠美も心配してくれていたのだと知り、思わず笑顔になる。

「で、どこに行くの？」

「それは着いてからのお楽しみです」

バイクで小一時間程度走ったところに久瑠美の目的地はあった。煉瓦《れんが》造りの趣《おもむき》がある門構えのホテルだった。

「ホテル？　どうしてここが小説のアイデアになるの？」

「いいえ。目的地はこっちです」

久瑠美はふわふわと浮きながら僕を案内する。ホテルの奥にはヨーロッパ風の中庭があり、石造りの階段を下りると小さなチャペルがあった。

「このホテルは結婚式も挙げられるんです。『君にダリアの花束を』のラストシーンで結婚式があるじゃないですか。実際にチャペルを見ればイメージも湧くと思いまして」

「なるほど。確かにチャペルってまじまじと見たことなかったかも」

「ここで式を挙げるとネームプレートが作ってもらえて、三年間チャペルに飾ってもらえるんですって」

「へぇ。よく知ってるね、そんなこと」

「一緒に見た雑誌に書いてあったじゃないですか。忘れたんですか？」

ちょっと呆れたように叱られる。結婚式場とか興味がなかったので読み飛ばしていたのだろう。

「勝手に入っちゃって大丈夫？」

「いつでもそのプレートが見られるように、こうして自由に出入りが出来るんです。本当に全く覚えてないんですね。がっかりです」

「ごめん」

それほど大きなところではないが白い壁や素朴なチャーチチェアが可愛らしいチャペルだ。壁には木製のボードがあり、先ほど久瑠美が言っていたネームプレートがびっしりと張り付けられていた。

「いい雰囲気のところだね。小説のヒロインもこんなところで結婚式を挙げたのかな？」

振り返ると久瑠美の姿が消えていた。

「あれ？　久瑠美？」

「ここですよ」

彼女はいつの間にか先ほど下りてきた石造りの階段の上にいた。真っ白なウエディングドレスを着て。

「久瑠美……」

Ａラインの真っ白なドレスを着て、ウエディングベールを被った久瑠美がゆっくりと階段を下りてくる。少し照れて、だけど真剣な表情をした久瑠美はとても美しく、僕は息を呑んでその姿を見守っていた。着ているドレスは全然違うけど、実家から拝借した写真の中の久瑠美とリンクした。

階段を下りた久瑠美は、ゆっくりと僕の前まで歩いてくる。

「きれいだね」

「ありがとうございます」

「言っておいてくれれば僕もタキシードとかレンタルしたのに」

「勘違いしないでください。別に結婚式ごっこがしたかったのではありません。これは小説のインプットです。見惚れてないでちゃんとイメージを膨らませてください」

久瑠美は目を泳がせながら早口でそう告げる。

「でも久瑠美、別に僕は結婚式の描写で困っているわけじゃない。救いのある結末が思いつかなくて悩んでいるんだけど」

「これだから都賀さんは駄目なんです。いいですか？　ラストシーンを改めて思い描くことでこれまで見落としていたアイデアが生まれるかもしれないんです」

「本当に？　ただ単に自分がウエディングドレス着たかっただけじゃなくて？」

「そ、そんなわけないじゃないですか。都賀さんのアイデアの為にやってるんです」

冷静を装ってそう告げてくるけれど、顔の赤さは白いベールでも隠せていなかった。

これ以上意地悪く追及するのは可哀想なのでやめておく。

アイデアは生まれそうにないけれど、ウエディングドレス姿の美しい久瑠美を見られたことで僕の心は晴れやかなものになっていた。

18

その後も僕と久瑠美のインプット生活は続いた。これが本当に創作に役立つインプットなのかは分からないが、久瑠美と本物の恋人のように過ごす日々は愉しかった。

だが未だに僕には改稿案の一つも思い浮かんできてはいなかった。

「さあ、今日はなにをしましょうか？　たまには夜じゃなくて昼間も都賀さんと一緒に歩きたいです。あ、歩くって言っても私は足がないから並行して浮いてるっていうのが正確な表現ですけど」

　朝起きると久瑠美は幽霊ジョークを交えながら嬉しそうに僕に近寄ってくる。久瑠美に必要とされていることは嬉しいが、これ以上時間を無為に費やすわけにはいかない。

「……なあ久瑠美。もしかしてここ最近のインプットって、本当はただ単に遊びに出掛けたかっただけなんじゃないのか？」

「そ、そんなわけないじゃないですか。私は小説のためにインプットをしているんですよ。遊んでいるように見えるかもしれませんが、真剣です。得てしてアイデアとは予想もしなかったところから生まれるものなんです」

　僕の指摘に久瑠美は明らかに動揺し、早口で答えながら目を泳がせる。嘘がバレて焦っているのが丸わかりなリアクションだった。

「そんなこと言ったって僕はちっとも新しい結末が浮かばない。役に立っているようには思えないんだけど」

「それは都賀さんがインプットで受けた刺激を作品に昇華できていないからです」

「偉そうに言うけど、じゃあ久瑠美はなにか浮かんだの？」

「ええ。もちろん」

やけに自信ありげに久瑠美はやや胸を反らしてそう言った。もうあの小説には興味がないとか言っておきながら、やはり気にかけてくれていたらしい。喜びと安堵が一気に溢れてきた。

「ありがとう！　ぜひ聞かせて」

「いいですよ。じゃあ私が言ったとおりに打ってください」

久瑠美が思いついたならインプットも無駄ではなかった。僕はいそいそと小説作成用エディターツールを立ち上げる。

「私が思いついたのは新作のプロット、というかアイデアです」

「は？『君にダリアの花束を』の結末じゃないの？」

「違いますよ。私はあの作品嫌いですし」

なにかいい案が浮かんだのかと期待が大きかっただけにがっかりしてしまう。

「あ、プロットの項目じゃなくて本文執筆のところにお願いします」

「はいはい。わかったよ」

「まず最初の一行は『全人類が現在の人口の百分の一に減った世界』」

「なにそのＳＦ的な設定」

「いいから言われた通り打ってください。一字一句間違わないでください。都賀さんはタイプミスが多いんですから」

やはり小説が絡むと性格が元に戻る。懐かしくもあるけど、僕は素直な久瑠美の方が好きだ。

「はいじゃあ改行してください。次は『ブルーアース解放軍に主人公とヒロインが所属している』」

「ブルーアース解放軍!?　なんだよ、それ」

「激減した人類を統合した世界政府に反発するレジスタンスです。ちゃんと書いてくださいよ。ブルーアース解放軍ですよ」

「はいはい」

久瑠美がこれまで描いてきた青春小説とは全く関係ないSFの設定だ。なぜこんなものを急に思いついたのか、まったく理解できない。プラネタリウムに行ったのがよくなかったのだろうか？

「『覚醒した者たちはそれぞれ特殊な能力を発揮することが出来る』」

「いきなりの展開だね。超能力者の話？」

指を止めると怒られるので言われたままに打ち込む。

「『エッチな展開は禁止』」

「は？　あらすじじゃないの？」

「こういう設定も予《あらかじ》め決めておけば後からブレないんです。都賀さんのことだからこういうの決めておかないと特殊な能力に透視とか登場させてエッチな展開にしそうですから」

「するか、そんなこと。てかなんで僕が書くこと前提なんだよ」

「私も考えます。二人で助け合って作っていくスタイルですから」

都合のいいときだけ二人で助け合うとか言うあざとさが久瑠美らしい。

「『手を繋ぐシーンまではオッケー』」

「そんなことまで設定で書かなきゃいけないのか？」

「もちろんです。早く書いてください」

「せめてキスだろ。小学生でもするんじゃないのか、今どき」

「レジスタンスで戦う主人公たちに恋にかまける暇はありません。戦闘の最中に繋いだ手で気持ちを確かめ合うんです。美しいでしょ？」

久瑠美はうっとりとした表情になる。バカバカしいと思ったが口にするのはやめた。触れることが出来ない久瑠美からしてみれば肌が触れ合うというのは憧れなのかもしれないと思ったからだ。

「では次。えーっと『マイクロチップに記された預言書』」

「預言書も未来的なんだな」

「そしてラストです。『すべての謎が解き明かされたとき驚愕の事実を知ることとなる』」

「へえ。そんなのがあるのか。それはいいね。どんな驚愕の事実があるの？」

「それはこれから考えます」

「は？　考えてないの!?　そんないい加減なことでいいわけ？」

「余計なこと言わなくていいですから早く書いてください。『すべての謎が解き明かされたとき驚愕の事実を知る』ですよ」

「はいはい。分かったよ」

やっつけ仕事のタッチでパシャパシャと打ち込む。

「あー、もう。『すべて』はひらがなです。驚愕も誤変換してます。それじゃ男子と女子が通う学校のことです」

「うるさいなぁ」

言われた通りに訂正すると久瑠美は満足げに頷いた。

「どうですか？　なにか思い浮かびましたか？」

「荒唐無稽以外の感想で？」

「もう。ふざけないで、よく読んでください」

そう言われてもこの七行だけではなにも思い浮かばない。小説が生まれる瞬間の最初のアイデアというのはこういう作者以外には理解できないものなのだろう。

「さぁ。じゃあさっそくこの物語を書いていきましょう！」

「今からこれを書くつもりか？　冗談じゃない。僕はダリアを書かなきゃいけないんだよ」

「いいじゃないですか。小説家というのは煮詰まったら無関係の新作を書き出す。基本ですよ」

「それは迷走している小説家だろ！　今はそんな暇ないんだって」

「せっかく思いついたのに」

久瑠美は唇を尖らせて拗ねる。

「この小説は次に必ず書くから。今はダリアを書こう」

「そっちはなんにも考えてません。ていうか無理ですよ。あの話は暗くて救いのない話なんです。それならいっそ新しい小説にした方がいいですって」

「もういい。やる気がないならせめて邪魔しないでくれ。久瑠美と話していると僕の時間ややる気まで――」

「あっ……」

そのとき突然、アイデアのかけらが舞い降りた。

あれほど考えても何一つ浮かばなかったのに、突然それこそ天啓のように。ひとかけらのアイデアは急速に僕の頭の中で広がっていった。

「そうか、そういうことにすれば……」

わずか一ピースのそのアイデアが『君にダリアの花束を』に繋がり、次から次へと展開が繋がっていく。早送りでジグソーパズルが完成する動画を観ているかのような、鮮やかさと爽快感だった。

「どうしたんですか？」

不安げに訊ねてくる久瑠美に返事も出来ず、このアイデアを盛り込んだプロットを書いていく。

その間久瑠美はパソコンを覗きもしないで不機嫌そうにぷかぷかと浮いていた。途中何度か話し掛けられたが、その声も届かないくらいに僕は興奮していた。

「これならどうだっ！」

プリントアウトをクリックし、プリンターの前で印刷されるのをもどかしく待った。ふと視線を向けると無視し続けてしまった久瑠美はこの上なく不機嫌そうに膨れた顔をしていた。

「あ、ごめん。なんか言ってた？」

「もういいです」

久瑠美は全然よくなさそうな顔をしてそっぽを向いた。『機嫌を取れ』と言うような態度は生意気な猫のような可愛らしさを感じる。

「突然アイデアが浮かんだんだよ。展開に抑揚を持たせて、ハッピーエンドにする、そんなアイデアが」

早く久瑠美にも読ませたくて、焦れったいプリンターを見詰める。

「ずいぶんと自信がありそうですね」

「ああ。なにせ久瑠美のお陰で思い付いたアイデアだからな」

「私の？」

「簡単に言うと新しい登場人物を増やしたんだ」

印刷が終わった改稿案プロットをテーブルに置いて久瑠美に説明する。

これまでヒロインと二人の彼氏を主な登場人物として描いていたが、そこにもう一人の主要人物を登場させた。主人公の幼馴染みの女性だ。自称恋愛上級者と称する幼馴染みに主人公はあれこれと恋愛の相談を持ち掛ける。しかし幼馴染みのアドバイスは的外れなことが多く、ヒロインを呆れさせたり、笑わせたりしてしまう。

彼女が立ち回ることで物語はこれまでよりもコミカルに、そして起伏ある展開になっていく。

ラストで主人公がフラれたとき、幼馴染みは自分のいい加減なアドバイスでフラれてしまったと勘違いし、泣きながら謝ってくる。実は彼女は恋愛経験なんてまるでなく、子どもの頃からずっと主人公に片想いをしていたのだと告白する。主人公がフラれるようにわざといい加減なアドバイスをしていたのだ。

これまでコミカルな脇役でしかなかった彼女が最後に傷ついた主人公を癒す真のヒロインとなる結末である。物語に新たな展開を加え、更に救いのある展開にする。その二つを可能にする登場人物だ。

「ふぅん……なるほど。あれこれ矛盾もあるし、弱いところもありますけれど……」集中力を全て物語に向けた顔で久瑠美が頷く。「でも悪くはないですね」

読み始めたときはあら探しをしてやろうとしていた彼女も、今は真剣そのものの様子だった。小説には嘘をつけない。久瑠美はそんな奴だ。

「ありがとう。久瑠美にそういわれるとなんか照れるな」

「でもなんで私を見てこの展開を思い付いたんですか？」

「それは、まあ、なんと言うか」

当然の質問をされ、答えるのに窮してしまう。

「僕が小説を書こうと必死なのに、邪魔ばっかしてくるなって思ったから」

「えっ？」

「映画を何本も観させられたり、夜の公園に散歩に連れていけと言われたり、服なんて着られないのにデパートに連れていけって言われたりさ。小説になんの役にも立たないアドバイスばっかりしてきて」

「そ、それはっ……邪魔なんかじゃなくて色んなことをして作品に役立てるためですから！　なんか都賀さんが煮詰まってるようでしたし、気晴らしやインプットも必要かなって思っただけです」

早口になるのは嘘をついているとき。記憶はなくなってもその癖は健在のようだ。

「そんな久瑠美を見て閃《ひらめ》いたんだよ。主人公に嘘のアドバイスをしてくるキャラがいるってどうだろうって。そしたら次々とアイデアが降ってきた。だから久瑠美のお陰だよ」

「なんですか、それ」

久瑠美は気まずそうに視線を逸らした。怒ってるようだが、照れも入っているように見える。

「まあ、アイデアは悪くないです。新たな登場人物を増やし、展開にも広がりが生まれるし、ラストでは救いも生まれましたし」

「だろ？」

「でも展開がコミカルになりすぎです。これじゃまるでラブコメじゃないですか。この小説はシリアスな物語なのにそれが台無しになってしまいます」

『君にダリアの花束を』には興味がないと言っていたくせにすごい熱量で駄目出しをしてくる。それだけ僕の案に刺激を受けて真剣に考えようという気持ちになってくれた証だろう。

「そこはこれからうまく調整していくんだって」

「そんな無計画なことでは困ります」

「ブルーアース解放軍に言われたくない」

　僕の嫌味など聞きもせず、久瑠美は何度も僕の書いた改稿案プロットを読み直していた。

「新キャラの間違ったアドバイスのせいで主人公が失敗するところはコミカルにしても、心理描写やその後の展開でシリアスな空気は保てるかもしれませんね。うまくやればコミカルとシリアスの緩急で、より深みを増せるかもしれません」

　久瑠美は小説を書くときの真剣な表情で呟く。これは会話をしているわけではなく自分の頭の中で考えを整理しているときの癖だ。僕との記憶を失ってからはじめて見る。

「これを直して年末刊行するとなるとかなり大変ですよ」

「手伝ってくれるの!?」

「仕方ないじゃないですか。こんなアイデアを出されたらやるしかありません」

「ありがとう、久瑠美！」

「喜んでる場合ですか？　休んでいる暇とか寝てる暇なんて本気でありませんよ？」

「マジで？　寝るのくらいは許してくれよ」

やる気を出してくれたのはありがたいが、極端すぎる。不眠不休で書き直しなんてさせられたら完成する頃には僕まで幽霊になってしまうかもしれない。そんなことを思いながら二人でパソコンに向かう。

「ちょっとくっつぎすぎです。離れてください」

久瑠美は眉をひそめて僕との距離をとる。

「はあ？　僕が打ち込むんだから真ん中に座らなきゃ駄目だろ」

「タイプなんてずれても出来るはずです。私がよく見えるようにした方が合理的ですから」

「ていうか恋人同士ならくっついていても問題ないだろ？」

「小説を書くときは別です。恋人じゃなくてパートナーなんですから。私情や色恋を小説に持ち込まないでください」

まるで記憶がなくなる前の性格に戻ってしまったようだ。いや小説と向き合うときの久瑠美はこういう性格なのだろう。それは記憶とは別次元の、もっと深い場所に刻まれている本能のようなものなのかもしれない。

でも恋人気分を味わうのもいいけど、こうしていがみ合うのも悪くない。

19

本格的な改稿作業の前に宇佐美さんと打ち合わせをするため鳳凰出版にやって来た。苦労して書き直しても希望にそぐわなければ全部没になってしまうから確認は大切だ。

「それにしても思い切った変更をされましたね」

事前にプロットはメールで送っているので今日は詳細の説明をする予定だった。

「都賀さんが思いついたんです」

久瑠美がちょっと自慢げにそう言った。

「生前は私たちがこんな風に変更してくれって言っても全然聞き入れてくれなかったのに。随分と変わりましたね」

「それは、その……共同で作業しているパートナーのアイデアですし」

「他人の意見もちゃんと聞いて作品に反映させるなんて、まさに生まれ変わった草壁久瑠美さんですね」

「幽霊に生まれ変わったとかややこしい表現をすると、校正さんに『表現ＯＫ？』とかエンピツを入れられますよ」

幽霊作家とその担当編集者ならではのジョークの応酬だ。ついでに言えば幽霊のゴーストライターという僕のややこしい肩書も、きっと校正さんのツッコミを免れないだろう。

「それにしても草壁さんはいい彼氏さんを持ちましたねー。こんなに一緒に小説を手伝ってくれる彼氏なんて普通いませんよ」

「か、からかわないでくださいよ、もう」

首を竦《すく》めながらチラッと僕を見て顔を赤らめる。

「それで、どうでしょうか？」

「はい。とてもいい案だと思います。編集長にも見てもらいましたが、素晴らしいアイデアだと納得してました」

「じゃあ」

「はい。この内容で進めてください。年末刊行なので時間が少なくて申し訳ありませんが」

「ありがとうございます！」

僕たちは声をそろえて頭を下げた。

「でも記憶をなくされて大変なんじゃないですか？　間に合いますか？　遅らせることも可能ですよ？」

「刊行を遅らせるなんて出来ません。それに記憶をなくすより前に肉体をなくしてますから。今さら過去の記憶なんてなくても問題ありません」

「相変わらずですね。わかりました」

宇佐美さんは優しい目で頷く。こうして作品を巡ってぶつかりながら二人は絆を強めて来たのだろう。僕も同じように久瑠美と絆を強くしていけるだろうか。不安なようで楽しみでもある。


大幅な変更案の方向性が決まったが、そこからが地獄だった。

寝る暇もないというのはさすがに大袈裟だったが、休む暇もないというのは本当だった。うかつだったのは食事をする時間も久瑠美は休む時間とカウントしているということだ。流し込むように食べ、すぐに改稿に戻る。そんな生活をしばらく余儀なくされた。

「ちょっとは休憩させてよ」

「そんな暇ありません。修羅場なんですから。ほら続きをしますよ」

「僕は生身の人間なんだよ。休まずに作業し続けられない」

「そんな泣き言、作家には許されません。修羅場に生身の人間も霊体もないんですよ」

久瑠美はなんでも許される魔法の言葉のように『修羅場』という言葉を繰り返し使っていた。

「そもそも都賀さんが悪いんですよ。私はもう無理だって言ってるのに、書かずにはいられないようなアイデアを出すから」

「僕が悪いのかよ？」

一週間ほどそんな地獄のような時間を味わい、ようやく改稿が終わった。冒頭からラストまで何度も読み直したので、もう一文字も原稿を読みたくないほどだ。

メールに原稿ファイルを添付して、宇佐美さんに送ったらもはや立ち上がる力さえ残っていなかった。

「お疲れ様でした」

「疲れたなんてもんじゃない。もう寝る」

身体を転がして床に突っ伏す。

「風邪引きますよ」

「別にいい」

「よくないですよ、もうっ！　ちゃんとベッドで寝てください」

久瑠美の小言も子守歌に聞こえるくらい限界に近かった。

「でも最後まで頑張って下さってありがとうございます。おかげで最高の作品に仕上がりました」

珍しく久瑠美がしおらしいことを言っているが、それを聞く元気もない。小石がゆらゆらと水中を落ちていくように、意識が遠のいていく。

久瑠美の声がふわふわと脳の中で響き、僕はいつの間にか眠ってしまっていた。


原稿というものは書いたらそれでおしまいじゃないということはその後に知った。

宇佐美さんからの指摘を訂正し原稿を戻すと、今度はゲラというものがやって来る。校正さんは小姑《こじゅうと》のようなツッコミをエンピツでびっしりと書き込んでいた。だが刊行時期を考えると休んでいる暇はなく、それらもすぐに直して戻すという作業が続いた。

本文以外にもイラストレーターの決定、ラフの仕上がり、表紙の装丁などが決まっていく。

そして秋が深まり、フライング気味に街がクリスマスムードに染まっていく頃、見本が完成したとの知らせを受けた。

僕たちは献本を受け取るため二人で鳳凰出版までやって来た。

「いよいよですね」

「ああ」

鳳凰出版の社屋の前に立ち、見上げる。はじめて見たときは拍子抜けするほど小さくて驚いたこのビルも、今は歴史と伝統を感じるから不思議なものだ。

受付で宇佐美さんを呼んでもらい、待合席に腰掛ける。打ち合わせブースでは今日も色んな人の夢の物語が繰り広げられていた。

手前の席ではモデルが緊張しながら編集者の話に頷き、しきりに「大丈夫です」を連呼している。その二つ隣では原稿を読む編集者の顔を凝視したまま固まる若い作家がいた。見ているこっちにまで緊張が伝播《でんぱ》しそうなほど硬直しているが、その目は鋭く光っている。

その奥では髭《ひげ》を蓄えたベテラン作家らしき人が険しい顔をして編集者と向き合っている。編集者の方も困った顔をしているが、大作家に気圧《けお》されることなくなにかを説明していた。

ここは夢の生まれる場所だ。

厳しい打ち合わせを重ね、試行錯誤を幾重にも繰り返し、迷って、決断して、ときに意見を戦わせ、そして作品を作り上げていく。まだ見ぬ、誰だか分からないが確かにいるはずの『誰か』に向けて感動を届けるため。

適当に作られる作品など一つもない。

天啓のような閃きを得て、編集者と綿密に打ち合わせを行い、面白い展開を考え、文章を推敲《すいこう》し、ときにはせっかくのアイデアを捨て、更に売れるためにはどんな要素が必要なのかを考え、イラストレーターやデザイナー、営業、宣伝、印刷所、そのほかにも大勢の人が携《たずさ》わり、ようやく一冊の本が完成する。

絶対に面白いはずだ、読者に響くに違いない、きっと売れる。そう信じて世に出す。それでもヒット作はほんの僅かで、多くは重版出来ずに消えていく。

今回この作品に携わり、はじめてそんな世界があることを知った。一冊の小説が持っている、紙には描かれていない裏の物語だ。

「久瑠美、ありがとう」

人形を見詰めてお礼を告げた。

「なに言ってるんですか。お礼を言うのは私の方です。ありがとうございました」

「久瑠美のお陰で今まで知らなかった世界を見させてもらったよ。無気力な僕がこの体験で生まれ変われた気がする」

「それならよかったです」

「次の作品も頑張ろうな。なんだっけ、ほら、あの、ブルーアース解放軍だっけ?」

その問い掛けには答えが返ってこなかった。最近次回作の話をするといつもこんな様子で、不穏な気持ちに駆られる。

『君にダリアの花束を』が完成したら成仏する。出逢ったときに久瑠美はそう言っていた。しかし記憶がなくなってその約束も忘れたはずだ。

「お待たせしました」

嫌な予感が残るなか宇佐美さんがやって来た。

いつも通り個室の打ち合わせ室へと通されると、人形から久瑠美も飛び出してくる。

「すいません。また会社まで押し掛けてしまい」

「いえいえ。こうしてお会いしてお打ち合わせをさせて頂いたからこそ、今回の作品が完成したと思ってます」

そこには社交辞令とは思えない、共に戦った戦友同士の絆が感じられた。

「ありがとうございます。宇佐美さんがいてくれたからこそ、何とか出版まで漕ぎ着けました」

僕も心からお礼を述べる。宇佐美さんの協力なくして今回の完成はありえなかった。

「さっそくですけど、こちらが見本です」

テーブルの上に出来上がったばかりの僕たちの小説、『君にダリアの花束を』が並ぶ。

「おおー。すごい。本当に本になったんだ」

表紙絵は既にデータとして見ていたが、実物の本として目の前にすると改めて感慨深いものを感じた。

「当たり前じゃないですか」

すました顔でそういうが久瑠美も少し涙ぐんでいる。

「そうですよ。おめでとうございます、『都賀なつ』さん」

　宇佐美さんは僕たち二人を交互に見る。

「なんか照れますね」

『都賀なつ』というペンネームは僕が命名した。

「『なつ』っていうのは『久瑠美』さんのウォールナッツから転じたんですよね。素敵なお名前です」

　恥ずかしい由来は宇佐美さんには話していないけど、やはりバレてしまっていた。照れくさいので聞こえなかった振りでやり過ごす。代わりに反応したのは久瑠美だ。

「やっぱり『都賀なつ』ってなんか語呂《ごろ》が悪いし、女性みたいですしイマイチです。そもそも都賀さんの苗字に私の名前を足したようなところが嫌です」

「いいじゃないですか。ご結婚なされたみたいで」

「それが嫌なんです！　まだ二十歳を過ぎたばかりですよ。結婚とか早すぎですから！」

　久瑠美は顔を赤くして宇佐美さんを睨む。照れて怒り出す久瑠美はとても可愛かった。小説を書いているときの尖った態度とはまるで違う。

「どうぞ、手に取ってご覧下さい」

「はい」

自分の書いたものが本になるなんて、不思議な気分だった。

表紙絵は雨上がりの公園で男女が向かい合う構図だ。ヒロインの顔は見えているが男の顔は見えない。

帯には『この恋の真実を知ったとき、もう一つの物語が動きだす』というキャッチコピーが躍っている。言い得て妙な煽り文句だ。その帯を外すと男の足許に水溜まりが現れる。波紋が出来ていてよく見えないが、その水面に映っているのは微妙に違う服を着た人物だ。

結末を知っているものが見れば、かなり大胆に張られた伏線といえる。しかし読む前にこの絵からオチを予測する人は恐らく少ないだろう。

「素敵な表紙ですね」

「うん、そうだね」

久瑠美は沈む夕日を見るように眩しそうに目を細め、生まれたばかりの冊子を眺めていた。

「営業部もポスターまで作ってくれて、気合いが入ってます」

「そうなんですか。それは僕たちも責任重大ですね」

「いいえ。お二人にこんな素晴らしい作品を書いて頂いたんですから、売るのは我々の責任です」

心強い言葉だが、正直言って僕はもう売れようが売れまいがどっちでもよかった。久瑠美の念願の作品を世に出せた。それだけで充分だ。

「本当に、ありがとうございました」

もう一度深く頭を下げる。

「私の方こそありがとうございました。息の合ったお二人を見ていると、なんだか私も幸せな気分になりました」

「もう。今日の宇佐美さんはなんでそんなに茶化してくるんですか？　意地悪」

久瑠美は拗ねた顔で宇佐美さんを睨んでから笑った。幸せそうな久瑠美を見ながら、僕はこの半年を振り返った。相性最悪でぶつかり合いながら作品を作ってきたが、いつの間にか信頼し合い、様々なハプニングを乗り越え、遂には久瑠美が幽霊になってからの記憶もなくしてしまったが、なんとかこうして完成まで辿り着けた。とても長いようで、振り返ってみると短くも感じる。

たとえ幽霊であっても久瑠美は僕の大切なパートナーであり、恋人だ。これからどんな風に生活をしたり、新作を創っていくか分からないが、とても楽しみだ。

見本を鞄にしまってから書店から依頼があったという三十冊程度のサイン本を作成する。よくＳＮＳなどで売れっ子作家が何百冊もサインをしたという報告を見ていたから拍子抜けするほど少ない数だ。でも新人作家がサインをすることの方が稀らしい。

営業部が必死に売り込んでくれたお陰だ。心を籠めてその三十冊にサインをする。

「それじゃ、これまで色々ありがとうございました」

「はい。わざわざ来社いただきありがとうございます。今回だけでなく、是非これからも末永くよろしくお願い致します」

「こちらこそ、ぜひこれからもよろしくお願いします」

久瑠美にプレッシャーをかけるように力強く答える。しかし久瑠美は謝るように無言で頭を下げるだけだった。

宇佐美さんからは次回作のプロットも出して欲しいと言われているが、久瑠美は未だにそれを出そうとはしてくれなかった。いざとなったらあのブルーアース解放軍がどうしたとかいうカオス小説のプロットを提出するしかない。きっと没にされるだろうけど。


出版社を出た僕はバイクに跨る。今日はこれから久瑠美と二人で出版前祝いに出掛ける予定だ。

「じゃあ行こうか。久瑠美が行きたいところはどこ？　好きなところに連れていくよ」

「別にないです。都賀さんが行きたいところに行ってください」

「やる気ないなぁ。じゃあせっかくだから有名なテーマパークにでも行こうか？」

「そんなところは行きたくないです。人がいっぱいだし、私が外に出られないから」

「あ、そっか」

「すいません。普通の彼女ならきっと喜ぶんでしょうね」

久瑠美は寂しそうに呟いた。迂闊な提案で傷つけてしまったことを反省する。

「そうだ。新しいぬいぐるみを買おう。印税が入ったら立派なぬいぐるみを買ってやるって約束してたしね」

「印税の振り込みはまだ先ですよ」

「前祝いだよ。細かいことは気にしない。好きなもの買っていいから。前から女の子の人形とか欲しがってただろ」

「ううん。いいです。私はこのストラップ型の猫の人形気に入ってますし。それにこれだったらいつでも簡単に連れて行ってもらえるから」

「まぁ久瑠美がそう言うなら……」

ここまでいらないと言われて無理に勧めるわけにもいかない。

映画に誘っても「観たいものがやってない」、プラネタリウムに誘っても「今日はいい」と乗り気じゃない。久瑠美の返事はぼんやりしており、心ここにあらずといった感じだ。

「じゃあどこに行きたいんだよ？」

「あ、そうだ。あそこがいい。二人で行った遊園地」

「え？　あんなとこがいいの？　面白い乗り物なんてなんにもないよ？」

「思い出の場所だし、それにガラガラだからゆっくり二人で話せるでしょ」

「それは確かにそうかも。平日の昼過ぎなんて誰もいなさそうだよな、あそこ」

働いている人にとても聞かせられない失礼な理由で僕たちは遊園地へと向かった。

20

園内は僕たちが予想していた以上に来場者が少なかった。でもクリスマスも近いとあって緑や赤のデコレーションが施されている。こんな場末感漂う遊園地でもそんな装飾があると、どこか愉しげに見えるから不思議だ。

「相変わらず客は少ないなぁ」

「まだそんなに昔のことじゃないのになんかすごく懐かしく感じますね」

前回久瑠美とここに来たのは初夏の頃だ。あの頃はまだお互いを疎《うと》ましく感じていて、喧嘩ばかりしていた。記憶がなくなってからは僕の恋人だと騙されていることもあって喧嘩は減った。でも小説の話をするとすぐに意見が衝突するし、会話も飛躍的に増えたというわけではない。あの頃と一番違うのは心の絆だ。お互いがお互いを信用して向き合っている。

「あった。ここですよね」

久瑠美はケージから飛び出た犬のように勢いよく姿を現し飛んでいく。いくら人が少ないからってはしゃぎすぎだ。

「この芝生の上で都賀さんが寝転がってたんですよね」

現場に来て急に過去のことを思い出したのか、久瑠美がそんなことを言った。

「そんなこともあったね」

「ここに座りましょう」

「乗り物とか乗らないの？」

「それより今日はゆっくりと都賀さんとお話がしたいんです」

芝生に腰を下ろし、空を見上げる。小春日和の日射しは眩しくて気持ちよかった。

「日が高い時間にこうして都賀さんと空を見上げられるなんて贅沢だなぁ」

「そんな贅沢ならこれから何回でも経験させてあげるよ」

「ほんとですか？　約束ですよ」

「余裕だって、そんなの」

「でもそのためには都賀さんも出掛けなきゃいけないんですよ？　外出するの嫌いそ

うなのに大丈夫かな？」

「そりゃまぁ、面倒だけど。でも久瑠美が望むんだったら出掛けるよ」

久瑠美は僕の顔をじーっと見て「嬉しいです」と呟いた。視線がくすぐったかったけど僕も久瑠美を見詰め返す。

「ねえ、私は都賀さんと付き合って一週間で死んでしまったんですよね？」

「うん。そうだよ」

「どんな風に恋人の一週間を過ごしたんですか？　小説が忙しくってつい聞きそびれてました」

「言ってなかったっけ？」

「出逢ってから付き合うまでの話は聞きましたけど、肝心の告白と付き合っているときの話はまだです。今日はゆっくり聞かせてください」

「仕方ないなぁ。恥ずかしいからそういうの、あんまり話したくないんだけど」と惚けながら大慌てで頭の中で創作する。

「久瑠美の実家に行ったんだ。どんなところで、なにを見て、どんな人に愛されて、久瑠美が成長していったのか知りたかったから」

「あっ……そういえばそうでした！　都賀さん、私の実家に来てくれたんですよね！　思い出しました」

「久瑠美のお母さんは陽気で気さくな人で、お父さんの方は物静かでちょっと厳しそうだったけど実はとても優しい人だった。この二人の間からよくこんな不愛想な娘が生まれたもんだって驚いたよ」

「余計なお世話です」

「久瑠美のルーツを知って、更に人としての魅力に深みを感じて、堪《たま》らなく久瑠美が愛おしくなった。だからその帰り道に僕は久瑠美に告白したんだ。久瑠美が幼少期に溺れたという海岸でね」

「思い出してきました。なんか泣きながら『好きだ』って言ってませんでしたっけ？　告白される側じゃなくてする側が泣くなんて珍しくないですか？」

久瑠美が思い出したのは、聞かれているとは知らずに叫んだ僕の独り言だ。それにしても今日の久瑠美はやけにあれこれ思い出す。記憶を刺激すればこうして色々と思い出すのかもしれない。

「それは、まぁ……色々あったんだよ。ほんと、いらないことは覚えてるな」

「そりゃ覚えてますよ。おかげで私が泣けなかったんですから」

「なんで久瑠美が泣くんだよ」

「だって……私も本気で都賀さんが好きだったんですから。嬉しくて泣きそうにもなりますよ」

久瑠美は「言わせないでください」と拗ねた顔で目を逸らす。その記憶も改ざんされたものなのか、それとも本心なのか、今さら確かめる術《すべ》もないが、とても気になってしまった。

「そのあと初めてキスをして、二人で夕日が落ちていくのを黙って眺めたんだ。暗くなってから二人で歌も歌った」

「へぇ。どんな曲でした？」

「色んな曲を歌ったな。流行りの曲も、子どもの頃に聴いた曲も」

咄嗟に具体的な曲が浮かばずあやふやな言葉で誤魔化すと、久瑠美は突然小さな声で歌い始めた。曲はギルバート・オサリバンの『Alone Again』だった。物悲しい歌声がなぜだか僕の胸をざわつかせた。その歌をやめさせたくて話を続ける。

「付き合い始めたといっても一緒に住み始めたわけでもないし、それまでも毎日のように会っていたから大きくなにかが変わったってわけではなかったな。二人で買い物に出掛けたり、料理を作ったり、公園でキャッチボールをしたり」

久瑠美は穏やかな表情で頷きながら僕の作り話に耳を傾けていた。

「料理が意外と上手だったり、寝顔は意外と間抜けで可愛かったり、運動神経悪い癖に負けず嫌いだったり。色んな久瑠美を知っていくとどんどん好きになっていった」

作り話は途切れることなく、次から次と溢れてきた。もちろん僕は久瑠美が作る料理を食べたことがないし、寝ているところも見たことがない。それなのに料理の味や寝ている姿がありありと浮かんでくる。

なぜなのか不思議に思ったが、語っているうちにその理由に気付いた。この作り話はこうなればいいな、こうだったらいいなという僕の願望そのものだった。

「しあわせだったんですね、私たち」

「もちろん。とてもしあわせだった」

「でも、すいません。せっかく付き合えたのにその一週間後に私は死んじゃったんですよね」

「うん……まぁね」

「やっぱり……悲しかったですか？」

「当たり前だろ。悲しいなんてもんじゃない。痛みを感じるほど辛かったよ。この世の終わりだと思った」

「……ありがとうございます」

「感謝することか？　恋人が死んだら悲しむのが当たり前だろ」

「いえ、そのことではなく」

久瑠美は言葉を切って僕の目を見た。

「そんなに深い悲しみに包まれても、後を追うような真似をせず、しっかり生きててくれて、ありがとうございます」

その声は妙に凛《りん》としていて、僕の胸に鈍く痛みが走った。

「するかよ、そんなこと。ちゃんと生きていたからこそ、こうして久瑠美とも再会できたんだし、それに」

鞄から僕たちの本を取り出す。初冬の日を受け、出来たばかりの本の表紙は光を反射していた。

「こうして本も作ることが出来たんだ」

「はい。ありがとうございます」

「草壁久瑠美は残念ながら死んだ。でも『都賀なつ』は生まれたばかりだ。これから始まる」

久瑠美はなにも答えてくれない。ただ静かに『君にダリアの花束を』を眺めていた。その表情はやけに眠そうに見えたが、恐らく気のせいだろう。幽霊である久瑠美は眠ることはないのだから。

「次の作品も書こう。これからも『都賀なつ』として作品を創っていけばいいだろ」

「すいません。私はもう、書きたい作品がないんです。私はここまでです。ここから先は、都賀さん一人でお願いします」

ゆっくりと、一言ずつ、苦しそうに伝えてくる。嘘をつくとき早口になる癖はもう直ったのだろうか。

「無理だ。僕が一人で書けるわけないだろ。久瑠美と一緒じゃなきゃ無理なんだよ！」

「大丈夫です。都賀さんが書けなくても『都賀なつ』なら書けます。気付いてないだけで、都賀さんはもう小説が書けるんです」

「そういう禅問答みたいな話はいいんだって」

「落ち着いてください。都賀さん。なにをそんなに焦っているんですか」

「だって久瑠美がいなくなるようなことを言うから」

「私がいなくなる？」

久瑠美はきょとんとした顔をして、そして笑った。

「なんで私がいなくなるんですか？　あはは。おかしい」

心底おかしいように久瑠美は笑う。

「私はいなくなりませんよ。いつまでも」

「絶対だな？」

「絶対です。約束します。都賀さんこそいつまでも私をそばにおいてくださいよ？」

「当たり前だろ」

話は終わりというように久瑠美が起き上がる。

「ねぇ、都賀さん。あれ乗りましょうよ」

久瑠美が指さしたのはイルカ型のメリーゴーランドだ。

「あれは外から丸見えだから久瑠美は隠れてないとバレるぞ?」

「誰もいないから大丈夫ですよ。それに知り合いが乗っていないメリーゴーランドなんてまじまじと見る人はいませんから」

久瑠美がどうしても乗りたいというので仕方なく対象年齢六歳程度の乗り物に向かった。案の定僕たちの他には客はいなかった。

係員に僕一人分のチケットを渡した後、久瑠美は宣言通り姿を現してピンク色のイルカに跨る。とはいえ実際は浮いているので跨っているようにしているだけだ。僕も一緒に乗ろうとすると久瑠美に咎められた。

「都賀さんはそっち。青い方に乗ってください」

「一緒でいいだろ?」

「だめです。一人一台に乗るんですから」

せっかくだから一緒に乗りたかったが、仕方なく隣の青色に跨る。その瞬間を待ち構えていたかのようにアナウンスが流れる。

「ドルフィンループにようこそ。ここはイルカたちの泳ぐ魔法の海。今から君たちを冒険の世界へと連れていくよ。運転中は危ないから席を立ったり、スマホでの撮影はやめてね」

大学生らしきアルバイトの男がアトラクションの案内と注意事項を棒読みでラップのリリックのように一気に伝えていた。

「競走ですからね」

「これはそういう乗り物じゃないんだよ」

僕たちだけを乗せたイルカのリングがゆっくりと動き始める。アルバイト男子は子どもがいないからか、それともいつもそのスタイルなのか、こちらを見ることもなく操作盤を見ていた。

お伽話《とぎばなし》の映画で聴いたことがある音楽がスピーカーから流れてきた。意識的ではないのだろうが、割れて掠《かす》れた音がより一層ノスタルジックな演出になっている。

「やっほー、都賀さん！」

「落ちるぞ」

久瑠美は笑いながら身を乗り出している。浮いている久瑠美が落ちることはないのだけれど、なんとなく見ていて冷や冷やしてしまう。それにしても今日の久瑠美はやけにテンションが高い。本が完成した解放感からなのだろうか。

ずっと同じところを多少上下しながらゆっくりとグルグル回るだけ。その動きに何やら寓話めいたものを感じ始めたときに、イルカはゆっくりと停車した。

「次はなにに乗ります？　ジェットコースター？」

「勘弁してくれよ。また酔ってダウンするぞ？」

一通り園内を回った後、少し肌寒くなったのでワゴンでホットチョコを買ってベンチに座る。手の平から全身を温めるかのようにカップを両手で覆って身を縮めていた。何気ないこの瞬間がかけがえのない幸せだと感じる。人生に悲観ばかりしていた僕がここまで立ち直れたのは久瑠美のお陰だ。

「実は僕は、高校のときにひどい目に遭ったんだ」

ぽつりと呟くと久瑠美は僕の顔を見た。記憶をなくす前に一度話した高校時代の話をもう一度久瑠美に話す。あのときと同じように、久瑠美は悲痛な面持ちで僕の話を聞いてくれた。

でもあのときと今では、話の結末が違う。

「僕はずっと拗ねて生きてきた。こんなのは自分の本当の人生じゃないって。でもそれを否定されるのが怖くて、自分がいかに不運か誰にも言わずに心の中で鬱屈した感情として育ててきた。それを心の拠《よ》り所にしていたのかもしれない。人の憎悪に傷付けられ、夢を諦めざるを得なくなった。自分のせいじゃない。僕はもっと素晴らしい人生を歩むべきだった。そんな言葉を慰めにして、拗ねて生きてきた」

久瑠美は真剣な表情で僕のことを見詰めている。

「そんな僕が久瑠美と出逢えて、少しだけ前を向くことが出来たんだ」

「でもすぐ死んじゃったんですよね。余計辛い思いさせちゃったんじゃないですか？」

「いや」

　僕は首を振って否定する。

「僕が久瑠美から生きる喜びや情熱をもらったのは、そのあとからなんだ。たとえ死んでも、それに嘆き悲しむだけじゃなく、ちゃんと作品を作り上げようとしていた。その姿に心を打たれたんだ」

「それは都賀さんのおかげです。私一人の力ではどうしようもなかったことです。本当に感謝してます。ありがとうございます」

　逆に感謝されてしまい、なんだか照れくさい。

「小説を書いてもらったこともそうですけど、それ以外にも色々と。よく私みたいなわがままで刺々しい女に愛想尽かさずに付き合ってくれましたね」

「自覚はあったんだ？」

「茶化さないで下さい。真面目な話をしてるんです」

　園内のスピーカーから流れるクリスマスソングが、どこかエンディングテーマのように聞こえて不穏な気持ちになる。

「私が死んだ後、世界はどうなっちゃっているんだろうって、正直不安でした。でも素敵な彼氏は私のことを忘れず、今でも愛してくれていた。それどころか私の代わりに遺稿を発表しようとしてくれていて、更には宇佐美さんがそれを協力してくれてて、とっても嬉しかったんです」

僕が創り上げたニセモノの世界に久瑠美は感動してくれていた。それだけで僕のこれまでは全て救われた気がした。

もちろん実際の世界だってそれほどひどいものではない。両親も編集者もファンの子も、久瑠美を失った悲しみを背負いながら生きている。

ただその欠落感も悲しみも時の流れで摩耗して、歪《いびつ》ながらも修復されて、やがて薄れて、そして消えていく。

生きるものはそれを『癒し』と呼ぶ。でも忘れられていく死者はそれをなんと呼ぶのだろう。

「都賀さん、あれ乗りましょう」

しんみりしかけた空気を久瑠美の元気な声が掻き消した。

「あれ？」

「ほら、あれですよ。遊園地で最後に乗る、空飛ぶゴンドラです」

「観覧車のこと？　そういえば前回来たときは恋人と乗るものだからって却下されたんだっけ」

「そうです。でもいま都賀さんは彼氏なんですから乗る権利を獲得してますよ」

「なんでそんなに上から目線なんだよ」

「ほら、行きましょう。はやく！」

「そんなに急かすなよ」

ゴンドラに乗るまでは人形の中に隠れてもらい、観覧車へと向かう。

「お一人様ですか？」

ベテランじみたシニアスタッフに訊ねられた。

「いや。二人です」

人形に視線を向けながら答える。

「それは失礼しました」

係員さんはどんな勘違いをしたのか慈しみに満ちた顔で僕を見詰め、風船の絵柄が描かれた赤いゴンドラに誘導した。意外にもゴンドラの中にはエアコンがあり、入った瞬間フワッとした温もりに包まれる。

ドアが閉まってゴンドラが上り始めた瞬間、久瑠美が姿を現した。

照れくさそうな顔をしているのかと思いきや、ずいぶんと思い詰めた表情をしている。その顔を見た瞬間、どくんっと心臓が大きく跳ねた。

「さて、それではそろそろお別れの時間です」

久瑠美は引き攣った笑顔でそう言った。

「え？　どういうこと……なにを言ってるんだよ、久瑠美」

「恐らく私は間もなく成仏してしまうと思います。だから都賀さんとは、一旦ここでお別れです」

「そんな……嘘だろ？　だって」

『君にダリアの花束を』が完成したら成仏するという記憶は消えていたはずだ。記憶がないなら未練もない。だからあの小説が完成しても成仏しないはずだ。

「献本を受け取ったあたりからずーっと頭がぼんやりしてきているんです。ここまでなんとか耐えましたけど、もう無理みたいです」

「そんなの駄目だ！　さっき絶対にいなくならないって約束したばっかりだろ。いつまでも僕のそばにいてくれるって。あれは嘘だったのか？」

「いなくなりませんよ。私は都賀さんの中でずーっと生き続けます。都賀さんが覚えていてくれている間、私は消えたりしません」

「そんな子ども騙しの言い訳で誤魔化されないからな。あ、わかった、いつもの悪趣味な幽霊ジョークだろ？」

「ごめんなさい。私ももっと、都賀さんと一緒にいたかったのですが……」

久瑠美は目に涙をためて、悲しげに笑った。

「実はこうなるんじゃないかって、前から薄々感づいていたんです」

「どういうこと？」

「都賀さんにあの原稿を読ませてもらったとき、衝撃を受けました。私がこんなすごい小説を書きかけていたんだって。きっと私はこの小説を完成させたくて、その未練で成仏が出来なかったんだって。すぐに気が付きました」

「だってあのとき久瑠美は面白くない小説だって言っただろ」

「はい。嘘をつきました。ごめんなさい」

「なんでそんな嘘を？」

「だって」

久瑠美は言い淀んでから困った顔で僕を見た。

「あの作品が未完成で成仏できないとするならば、完成したら成仏してしまうということになってしまいます。逆にいつまでも未完成なら成仏しなくて済むと考えたんです」

「成仏しなくて済む……？」

「私は一度死んで恋人である都賀さんを悲しませたんですよ。幽霊とはいえせっかく再会できたのに成仏して消えてしまったら、また都賀さんを悲しませることになるじゃないですか」

「えっ……それって」

久瑠美は僕を悲しませたくなくて、そして自らも僕と離れたくなくて、わざと『君にダリアの花束を』を未完成のままにしようとしていた。

そうと知らず僕は必死で完成させようと躍起になっていた。

「もちろんいつまでも霊体でこうしていられるわけではないんだと思います。けど私は迷惑にならなければ、いられるだけ都賀さんのそばにいたいって、そう思いました」

「そんなっ」

目の前の景色の色が褪せ、モノクロに変わった。自分が息をしているのか、していないのか、それさえも分からない。

「それなのに都賀さんが必死に小説の改稿案を考えるから映画を観せたり、遊びに連れ回したり、必死であれこれ邪魔をしちゃいました。まあ、結果としてその邪魔のせいで都賀さんがあの展開を思い付いたのは皮肉というか、まあ自業自得ですけど」

「はっきり言えばよかっただろ。ずっとそばに居たいから小説を完成させないでくれって。そうすれば、僕は……」

取り返しのつかないミスを犯していたことに今さら気付き、頭を掻き毟《むし》る。

「言えるわけないじゃないですか。だって私は幽霊ですよ？　どんなにお互い好きだって、しあわせな着地点なんてないんですから。ああいうのが精一杯でした。小説を書かずに都賀さんと遊んでいたあのときがしあわせでした。生前のどんなときよりも、一番しあわせだったと思います」

「幽霊だろうが人間だろうが関係ない。僕は久瑠美が好きなんだよ」

久瑠美の気も知らず必死にタイピングした自らの両手を忌々しく睨む。

記憶が薄れていったのも、もしかしたらそのせいだったのかもしれない。辛いことがあるたびに記憶が消えていくと思っていたが、実はそうではなく小説が完成に近づくにつれて記憶が薄れて成仏に近づいていったという可能性すらある。

「僕が……僕が自ら久瑠美を殺したようなものじゃないか」

「それは違います。全然、違いますよ」

狼狽《うろた》える僕に久瑠美は諭すような、労《いた》わるような、優しい声で言った。

「成仏できるというのは、しあわせなことなんです。殺しただなんて、そんなこと言わないでください。悲しくなります」

ただただ悔しくてギリッと歯を食いしばる。

「ところで私が一切都賀さんに触れなかったこと、気付いてましたか？」

声を出せば泣いてしまいそうなので黙って首を横に振る。それでも溜まっていた涙は溢れ落ちてしまった。

「私は絶対に都賀さんに触れないようにしていたんです。だって触れてしまえば擦り抜けてしまうから」

そう言われればパソコンの前で並んで座るときも、さっきのメリーゴーランドのときも、久瑠美は絶対に僕と距離を置いた。「もうちょっとそっちに行って下さい」と詰《なじ》る久瑠美の声が脳内で再現される。

「ご存じの通り私は物理的質量がないから触れたところで擦り抜けるんです」

確かにその通りだ。何度か触れようとして手が空を切ったことがある。

重なってもぶつからないのであれば詰め合って座る必要なんてない。僕が普通に座り、久瑠美は重なればいいだけだ。なぜそうしなかったのだろう?

「私が触ることさえ出来ない、透明で存在のないものだって意識されたくなかったんです。普通の女の子みたいに、思われたかったんです。死んでるのに図々しいですよね」

久瑠美は泣く寸前のような顔をして笑った。

触れないように注意していた。そんな久瑠美の気遣いすら見抜けなかった自分の間抜けさを呪った。

「このゴンドラが頂上に達したとき、私は成仏します。観覧車のてっぺんなら天国にも少し近いでしょうから、ちょうどいいと思いますし」

「ははは……やっぱり冗談なんだな？　頂上に達したとき、都合よく成仏なんて出来るはずないだろ」

　無理やり笑う僕につられることなく、久瑠美は静かに首を横に振る。

「ずっと身体がぽかぽかと温かくて、眠いんです。成仏するときはきっとこうなるんですね。このまま気持ちよく寝てしまえば、きっと成仏できるはずです」

「そんな……そんなの駄目だ。どこにも行くなよ。僕のそばにずっといろよ。いてくれよ！　なぁ頼むっ……頼むよ。いて下さい。お願いします……ずっと僕のそばにいてください……」

「ごめんなさい。二回もお別れをさせるなんて、最悪の彼女ですよね。そんな最悪の私にしあわせな最期をくださって、ありがとうございました」

　既にゴンドラは八分目ほど上っていた。無情にもどんどんと頂上が近付いていく。

「久瑠美がいなくなったら、僕はどうすればいいんだよ……」

「どうしても辛くなったら、そのときは小説を書いてください」

「そんなもの、僕一人では書けない」

「私が残したプロットがあるじゃないですか。あれで書いてみてください」

「『ブルーアース解放軍』とかいうあれか？　あんなもので書けないよ」

「さっきも言いましたが都賀さんはもう一人で物語を紡げるんです。もう小説を妄想だなんて言っていた頃とは違います。少なくとも私はそう信じてますから」

喋りながらも久瑠美の身体は透明度が少し増して、薄れていく。呼吸も出来ず、爪が食い込むくらいぎゅっと固く拳を握りしめる。

「じゃあ分かった。僕も連れて行ってくれ。僕も死ぬから、久瑠美と一緒に——」

「ふざけないで下さいっ！」

今まで聞いた中で一番激しい声で叱られた。

「お願いです。都賀さんは、都賀さんの人生を生きてください。過去じゃなく、今を生きてください。どんなに辛くても、寂しくても、たとえ負けっぱなしで悔しくても、誰も都賀さんを理解してくれなくても、精いっぱい生きてください。じゃなければ絶対許しません。私は、見てますから。心の中に住み着いて、ずっと見てますから。私だけは都賀さんを信じ、応援してますから。都賀さんが死ぬということは、都賀さんの中の私も死ぬということなんです。だから生きてください。私からの、最後のお願いです」

「久瑠美……」

もう頂上まではあとわずかだ。僕と久瑠美に残された時間は、あと数メートルしかない。

「あ、やっぱりもう一つだけお願いがあります」

久瑠美は目を真っ赤にして、涙でぐちゃぐちゃになりながら笑っていた。

「なに？」

「キス、して下さい」

僕が顔を近づけると、久瑠美は顔を真っ赤にして目を閉じる。久瑠美はこれまでで一番幸せそうな顔をしていた。顔を近づけるにつれ、僕の心臓はバクバクと早鐘を打つ。

キスをしたら奇跡が起きて久瑠美が生き返るのではないか？

この期《ご》に及んでそんな馬鹿な想像が頭を過る。

ゆっくりと近づき、久瑠美と唇を重ねた。もちろん何の触感もなかったけれど、でもはっきりと久瑠美とキスをしている感覚があった。

久瑠美の方もキスの感触があったのか、唇を離すとすぐに目を開いた。

「ようやくキスが出来ましたね」

久瑠美はくすぐったそうに微笑む。

「キスくらいこれから何回でもするから。だから逝くな。ずっと僕のそばにいてくれ」

「これまでありがとうございました。都賀さん」

「久瑠美っ！」

「さよなら、都賀さん。私も、あなたが大好きでした」

頂点に達したとき、ゴンドラがガタッと軽く揺れ、ゆっくりと下りはじめた。

元々半透明な久瑠美がさらに薄くなり、空気の中へと溶けていく。

「久瑠美、駄目だ。返事をして。逝っちゃ駄目だ。僕たちはこれからだろ！」

最期に満面の笑みを浮かべ、久瑠美の姿は完全に消えた。もともと存在などしなかったように、夜の闇に溶けるように、音も立てずに消えていった。

「そんな……嘘だろ。いつもみたいに僕を馬鹿にしたような声で『冗談です。騙されました？』とか言ってくれよ……なぁ、久瑠美」

手元に残った人形は一言も返事をしない。

見た目はなにも変わっていないはずなのに、急にそれが無機質なものになったように見えた。

涙が溢れ、嗚咽が漏れる。

久瑠美の居た人形をきつく握り、声を上げて無様に泣いた。

ゴンドラの窓から見えた空は赤と青がせめぎ合い、昼と夜が混在していた。

こうして、僕と元小説家の幽霊の奇妙な同棲生活は幕を閉じた。

突然始まり呆気《あっけ》なく終わる、荒唐無稽な物語だ。

21

十二月二十四日。

世の中の人々が鶏もも肉を食べ、発泡ワインを飲み、精をつけて夜の営みに励む夕べ。

一人きりで部屋で過ごしている僕に、鳳凰出版の宇佐美さんから電話がかかってきた。聖なる夜なんて関係ない人が自分の他にもいると思うと少し安堵した。

「『君にダリアの花束を』の重版が決まりました」

クリスマスプレゼントと言わんばかりの彼女の弾んだ声を聞き、よけいに虚しくなる。

「そうですか」

久瑠美の綴った物語が世間に受け入れられたということは嬉しかったが、それだけの感情しか湧かなかった。沈んだ僕の反応を見て、宇佐美さんも空元気の仮面を外した。

「やはり草壁さんは……お戻りになられてませんか?」

「当然じゃないですか。久瑠美は成仏したんです。そうお伝えしましたよね？　久瑠美が帰ってくることは、もうありませんから」

「失礼しました」

久瑠美がいなくなった今、僕は宇佐美さんとどう接していいのかもわからなかった。

それは向こうも同じようで、電話をしてもこうした白々しい空気しか流れない。

「草壁さんがいらっしゃらなくても、都賀さんの新作をお待ちしてます」

「僕が？　一人で？」

思わず卑屈な笑いが溢れてくる。

「書けるわけないじゃないですか。からかわないでください」

「でも草壁さんは都賀さんなら書けるとおっしゃられたんですよね？」

「失礼します」

一方的に電話を切ってからごろんと床に寝ころぶ。

「すいません」

通話の切れたスマートホンに向かって謝罪する。

期待してもらっているのに申し訳ないけれど、『都賀なつ』の次回作はない。未来永劫《えいごう》に。

印税は全額交通事故遺児の団体に寄付した。重版で入るお金も全て寄付するつもりだ。

僕が金ばかり興味を持つ守銭奴だと思っていた記憶を失う前の久瑠美に、一矢を報いた気分だ。

ざまあ見ろ、とテレビ台の上に飾ってある猫のストラップの人形にほくそ笑む。その隣には以前久瑠美の実家に行ったときに拝借した写真が飾られてある。ドレスを着て満面の笑みを浮かべる久瑠美を見ると、共に暮らした半年間のことを思い出して目頭が熱くなった。

久瑠美が居なくなって既に三週間が経過していた。

諦めの悪い僕は今でも彼女がこの部屋のどこかに隠れているのではないかと期待している。

三日に一度は久瑠美の声かと息を止めて耳を澄まし、隣の部屋のテレビの音に耳を傾ける有様だ。

久瑠美の最後から二番目のお願いを僕は全然守れていない。久瑠美が完全に消え去ったこの世界で、僕はまた道を見失い途方に暮れてしまっている。

床を覆うコンビニ弁当の空き箱やダイレクトメールだらけの郵便物を確認もせずにゴミ袋へと放り込んだ。

「久瑠美……」

仰向けに寝転び、天井を眺める。

はじめて久瑠美と出逢ったとき、彼女は何もない空間から突然ホログラフのように姿を現した。こうしてボーッと眺めていると、また現れてくれそうな、そんな気がしてしまう。

しかしいつまで虚空を眺めていても久瑠美が現れることはなかった。

こんな生活を続けていたらしっかり生きて欲しいと願った久瑠美を裏切ることになる。それは分かっているが、どうしても前向きに生きることなんて出来そうもなかった。久瑠美と出逢う前より僕の生活は荒んでしまっていた。

「この写真、返さないとな……」

立ち上がって久瑠美の写真を手に取る。これは久瑠美の大切な写真だ。僕が勝手に持ち出していいものではない。

写真を鞄にしまい、部屋を出る。気温はかなり低いがバイクに跨り、久瑠美の実家へと向かった。

クリスマス当日の早朝、僕は久瑠美の生まれ故郷の港町に到着した。寒さの中休まずに走ったのでかじかんだ手はほとんど感覚がない。自販機でホットコーヒーを買って手を温める。熱さではなく、痺れるような痛さだけを感じた。

ようやく指の感覚が戻ってからインターホンを押すとすぐにドアが開いて久瑠美のお母さんが出てきた。

「あら？」

僕を見るなりおばさんは幽霊でも見たかのような驚いた顔になる。

「この間は突然やって来て勝手に帰ってしまい、すいませんでした」

「いいえ。こちらこそお構いもせず。確か都賀さんでしたよね？」

「覚えてくれていたんですか？」

「もちろん！　さあ、上がって！」

おばさんは優しそうな笑みを浮かべて僕を見る。なんだか以前とまるで様子が違い、戸惑ってしまう。写真だけ返して帰るつもりだったがそう切り出せない空気だった。

まるで別の家なのかと思うほどにすっかり片付けられたリビングに通されると、前回会えなかった久瑠美のお父さんも椅子に座っていた。その表情は重い病気が癒えたあとのような清々しさが浮かんでいた。

おじさんに挨拶をしてから仏壇の前に座る。当たり前だが久瑠美の気配はどこにも感じられなかった。

お参りの後勧められるままにテーブルに着く。

「ほら、都賀さんちゃんといたでしょ」

おばさんは勝ち誇ったようにおじさんにそう言った。

「いやぁ突然妻が『久瑠美が会いに来てくれた』って興奮してね。どうしちゃったんだろうって心配したんだよ。久瑠美の友達だっていう男の子が訪ねてきて、久瑠美の霊を連れて来てくれたって。そりゃもう大騒ぎだったんだ」

おじさんがからかい気味にそう言うと、おばさんは照れたように笑う。

「主人は全て幻だったんじゃないかっていうんですよ。久瑠美が会いに来てくれたことはもちろん、あなたの存在まで」

「そうだったんですか。失礼しました」

なんだか申し訳ない気がして頭を下げる。

「謝ることなんてないのよ。ね、都賀さんがいるんだから久瑠美が会いに来てくれたことも信じてくれたでしょ？」

「それはいくらなんでも飛躍しすぎじゃないかなぁ？」

おじさんは困ったように笑うが、おばさんの勢いに押され気味だった。

前回お邪魔したときと全然違う状況の理由は二人の会話でおおよそ理解した。

久瑠美が会いに来たと興奮しながら訴えるおばさんを見て、おじさんは慌てて医者に連れて行ったらしい。もちろんおばさんに異常なところは見つからなかったのだが、責任を感じたおじさんはその後自分の生活態度を改めた。もちろん色々と衝突することはあったらしいが、また夫婦二人で仲良く生活できるようになった。大雑把に言うとそういうことだった。

　思い切って姿を現し、感謝を告げた久瑠美の判断は間違っていなかったようだ。

「久瑠美のお陰で私たち夫婦も立ち直れたの。私たちが仲良くしてなかったら、天国から見ているあの子がきっと悲しむでしょ？」

　おばさんは微笑みながら窓の外の空を眺めた。

「そう、でしょうね」

　僕もその視線を追って空を見詰める。

　今の僕を見て、やはり久瑠美は悲しんでいるのだろうか？

「君は娘の恋人だったのかい？」

　おじさんは慈しむ目で僕に訊ねた。

「……はい。そうです。僕は久瑠美さんの恋人でした。付き合っていた期間は短かったのですがお互いに心の底から理解し、尊敬しあえる間柄でした」

　そう答えたとき、キッチンの方から皿がカチャッと小さな音を立てた。「そこまではないですから」と久瑠美が抗議する音に思えた。

「そうか。ありがとう。娘を愛してくれて」

　おじさんは小さく何度も頷いた。

「君はまだ若い。久瑠美のことは辛かったと思うけど、それを乗り越えて今を生きて欲しい」

「今を生きる……」

久瑠美に言われたのと同じことを言われ、鼓動が乱れた。この人たちも久瑠美の死を乗り越え、強く生きようとしている。それは喜ばしいことであるはずなのに、辛いことに感じられた。

「それはつまり……久瑠美を忘れて生きろということですか？」

自分でも驚くくらい恨みがましく声が震えてしまっていた。そんなつもりでおじさんが言っているわけではないことくらい分かっているのに、子どものように拗ねてしまった。

おじさんは優しい目で僕を包むように見詰めてくる。久瑠美もこの微笑みに守られて育ってきたのだ。

「いや、むしろ逆かな」

「逆？」

「勝手なお願いで申し訳ないけれど、出来ればいつまでも久瑠美のことを覚えて生きていってもらえたら嬉しい。あの子が生きていたこと、笑っていた顔、怒った声、愉しかった思い出、大切にしていた夢、願っていたこと。そんな全てを覚えて生きていってくれたら嬉しい」

おじさんの言葉を聞いて、様々な久瑠美が脳内いっぱいに溢れてくる。目の奥が痛くて熱くなり、嗚咽を堪えようとすると余計にこみ上げてきた。

「あの子のことを思いながら、あの子が生きられなかった未来を、君に生きて欲しい。久瑠美が愛した君なら、きっとそれが出来るはずだから。なんて、図々しいお願いなんだけどね」

「……はい」

歯を食いしばっても、息を止めても、目に力を籠めても涙は止まらなかった。

「きっとこういうときは泣いたって久瑠美は許してくれると思うわよ。あの子、ああ見えて結構泣き虫だったから」

おばさんは僕の肩に手を置いて顔を覗き込む。

その言葉に促され、僕は無様に泣いた。さすがに泣きすぎて久瑠美に叱られるんじゃないかってくらいに泣いた。おばさんは何も言わずずっと背中をさすってくれていた。その手のぬくもりがとても暖かかった。

ひとしきり泣いた後、僕たちは久瑠美の子どもの頃の動画を観た。他人の家のホームビデオなんて絶対につまらないと思っていたけど、その考えは改めなければいけないなと感じた。

家を出たとき、既に辺りは暗くなっていた。遅いから泊まっていってと言われたけれど、さすがにそれは固辞した。

「これ、この間お邪魔したときに勝手に持って帰ってしまった写真です。すいませんでした。お返しします」

写真を見せると二人は「ああっ」と嬉しそうに声をあげた。

「この写真探してたのよ」

「そうなんですか？」

「娘の遺影にしようと思ってね。どうやら間違ってデータを消してしまったみたいで。それでプリントアウトしたこの写真を探したんだけど見つからなかったんだ」

「そうだったんですか。実は学習机の鍵がかかった引き出しに入っていたんです」

久瑠美はなぜそんなところにこの写真を隠したのだろう。その疑問はすぐに二人が解決してくれた。

「可愛いでしょ、それ。普段ドレスとか着てくれないけど音楽発表会だからなんとか着させたの」

「それを母さんが何度も可愛いとかパネルくらい大きくして額に入れて飾りたいだとか囃《はや》し立てるものだから久瑠美が恥ずかしがってしまってね」

「お父さんだって褒めちぎってたじゃない。それであの子ったら恥ずかしくなったみたいで、リビングに飾っていたその写真を隠してしまったの」

「そういう経緯だったんですね」

いかにも照れ屋の久瑠美らしいエピソードだ。やはりこの写真は家族にとって大切なものだったらしい。返しに来てよかった。

「勝手に持ち出してしまい、すいませんでした。お返しします」

写真を渡そうとすると、ご両親は微笑みながら顔を見合わせた。

「それは都賀くんが持っていてくれないかな？」

「え、でも大切なものなんじゃ……」

「きっとその方があの子も喜ぶと思うわ。お願い」

「……はい。ありがとうございます」

ご両親に見送られながらバイクを走らせ、近くの砂浜で止まる。久瑠美がピンバッジに憑依しているとも知らず醜態をさらしてしまったあの砂浜だ。

「今を生きる、か……」

久瑠美が僕に残してくれたその言葉の意味は、まだ分からない。とりあえず今はその意味を探して頑張ってみようと思う。もしかするとそれこそが今を生きるということなのかもしれない。

でも辛い。久瑠美がいないこの世界は辛すぎる。

そのときふと久瑠美の言葉を思い出した。

『どうしても辛くなったら、そのときは小説を書いてください』

そんなことをしてなんになるのか分からなかったが、今なら少しだけ理解できる。

久瑠美と過ごした時間を思い出しながら小説を書いてみよう。そして物語の中で久瑠美を蘇《よみがえ》らせればいい。

きっと久瑠美はそう伝えたくて小説を書けと言ったのだろう。


途中何度も休憩を入れながら帰って来たので、家に戻ってこられたのは夜明け間近になってしまった。凍える手を擦り合わせて温めてから、譲っていただいた写真をパソコンの隣に置く。

小説を書くといってもなにから始めればいいのかさえ分からない。

「あ、そういえば久瑠美が残してくれたネタがあったな」

よくわからないSFの設定だったが、試しにあれで一度書いてみよう。なにせあれは久瑠美が考えたものだ。それを元に書けばより一層久瑠美を近くに感じられるかもしれない。

パソコンを立ち上げてファイルを開くと、たった七行の覚書が現れる。急に久瑠美が閃いたように語りだしたもので、改めて見てもその意味はさっぱり理解できなかった。

全人類が現在の人口の百分の一に減った世界
ブルーアース解放軍に主人公とヒロインが所属している
覚醒した者たちはそれぞれ特殊な能力を発揮することが出来る
エッチな展開は禁止
手を繋ぐシーンまではオッケー
マイクロチップに記された預言書
すべての謎が解き明かされたとき驚愕の事実を知る

繰り返し何度か読み直したが、さっぱり物語が浮かばない。

「相変わらずカオスだな。ていうか『驚愕の事実』を思いついてもないのに盛り込むなよ。無駄にハードル上げ――」

マウスを持つ手がピタッと止まる。

「嘘だろっ……まさかっ……」

ディスプレイに顔を近づけて、もう一度よく確認した。

箇条書きにされた七行の覚書の頭の文字をいわゆる『縦読み』すると言葉が現れた。

「全ブ覚エ手マす……ゼンブオボエテマス……全部覚えてます……？」

偶然の一致だ。そうに違いない。

笑い流そうとしてこれをタイプしていたときのことを思いだした。

最後の一行を僕が『全て』と打ったのを久瑠美はわざわざひらがなに直させた。なんの違いがあるのかと思ったが、これが理由だったと気付く。『全て』が漢字だとこの縦読みは成立しない。だから久瑠美は『すべて』とひらがなに直させたんだ。

「全部覚えてるって、どういうことだよ……」

マウスを握る手が震えている。

久瑠美は僕が本当は生前の彼氏じゃないと知ってわざと騙されていた。僕が創った虚構を信じた振りをして、自分が死んだ後の穏やかで優しい世界を受け入れていた。

そういうことだろうか？

いや、それだけじゃない。久瑠美は『全部覚えてます』と言っているのだ。

片想いの相手が親友と付き合ったことも、『くるみ』というもう一つのペンネームも、仲の良かった両親の間に亀裂が生じていることも、全部忘れず覚えていた。そういう意味に違いない。

「久瑠美っ……なんでっ……」

痛むくらい歯を食いしばり、爪が刺さるくらい拳を固めた。

いや、すべて僕の思い過ごしかもしれない。いくらひねくれ者の久瑠美でも縦読みなんて穿《うが》ったやり方でそんなメッセージを残すだろうか？

そのとき久瑠美がゴンドラの中で語った言葉が脳裏に蘇った。

『もう小説を妄想だなんて言っていた頃とは違います』

そうだ。久瑠美は確かにそう言っていた。

しかし僕は久瑠美が僕の記憶までなくしてから一度も小説が妄想だなんて言っていない。あれは久瑠美と出逢ったあの夜に言った言葉だ。

あの言葉を覚えているということは、やはり久瑠美は記憶をなくしていなかったということだ。

「あっ!?」

最後にキスをしたとき、久瑠美は『ようやくキスが出来ました』と言っていた。でも告白してすぐにキスをしたことを伝えていたはずだ。

「そんなっ……久瑠美っ……」

久瑠美ははじめから記憶なんて一つもなくしていなかったのだ。あの『小説妄想発言』や『ようやくキスが出来ました』というのはその種明かしのつもりだった。久瑠美の性格を考えると充分ありうることだ。

『都賀さんはもう一人で小説を書くことが出来ます』と断言したのは、きっと僕の嘘に気付いていたからだ。

僕は久瑠美の死後のやさしい世界を勝手に作り上げ、自分が恋人だと騙り、どんな付き合いをしてきたのかを説明した。あれら全てが僕の作り話だと知っていたから、小説が書けると言ったのだろう。あんなその場しのぎの無責任な妄想と小説を一緒にするなんて、小説家の風上にも置けない奴だ。

まんまと騙されたのは僕の方だった。

ようやく気付いた僕を見て笑う久瑠美の顔が頭の中に浮かんでくる。

「騙しやがって……そもそもなんでそんな嘘ついたんだよっ」

久瑠美が最初に記憶を失っていくという嘘をついたときのことを思い返す。

最初は僕に執筆の手伝いをさせようとしたときのことだ。僕は幽霊なんか部屋に居ついて欲しくなくて、除霊してでも追い出そうと必死だった。間違っても小説の手伝いなんてするつもりはなかった。

それが変わったのは久瑠美に『記憶がなくなっていく』と聞かされてからだ。あの言葉に僕は同情した。そしてどうせ書いた原稿を送るくらいはしてもいいかと思った。あの嘘は僕を巻き込むための作戦だったに違いない。それからは経験したとおりだ。死んだ小説家と同じ住所から原稿が送られてきた宇佐美さんは驚いて僕に連絡してきた。勝手に刊行に向けて話が進んでしまい、僕も金が儲かるならと話に乗ってしまったというわけだ。

ときおり記憶をなくした振りをしたのは嘘に真実味を持たせるためだったに違いな

い。だがその後色々と悲しい事実を知り、それも忘れた振りをした。僕に同情されたくなかったのか、記憶がなくなるという設定を気に入って忘れたことにしてしまいたかったのか、それは今となっては分からないが。

「あっ……そういえば」

翠川さんがこの家にやって来たときのことを思い出す。久瑠美と喧嘩になり僕は『居眠り姫は茨の王子に溺愛される』を皮肉った。あのとき久瑠美は既にその作品が自分の作品だということを忘れていたはずなのに、覚えているリアクションを取っていたはずだ。既にあのときから記憶が消えていっているという嘘をついていたことは間違いない。

コミカライズの件だっておかしい。嫌なことがあったら記憶が消えるというならあの記憶だって消えたはずだ。でも久瑠美はずいぶん後までそれを覚えていて、宇佐美さんにつっかかっていた。

「なるほど。記憶をなくした振りをして同情を買って手伝わせるとは考えやがったな」

この七行の箇条書きに隠されたメッセージを読み、まるで久瑠美と会話している気分にさせられた。

文字が書けない、タイプも打てない、音声も残せない。そんな久瑠美が思いついた唯一残せるメッセージがこれなんだろう。

すべて覚えていて、僕の語る世界が全て嘘だと知って騙された。

「久瑠美は僕が生前の恋人じゃないと知りながら、それを受け入れて彼女になってくれた……」

それはつまり、久瑠美も僕のことを好きだったということなのだろう。記憶なんてなくさなくても、久瑠美は僕を愛してくれていた。

様々な表情の久瑠美が記憶に蘇り、目の奥が熱くなる。涙がこぼれそうになって、唇を噛んで堪えた。

「ふざけるなよ……素直にそう言えよ……」

今ごろ真相に辿り着いた僕を見て、久瑠美はまだ僕の頭の中で笑い続けていた。

だが甘い。これで勝ったと思うなよ。戦いはまだ終わっていない。

僕は久瑠美が縦読みメッセージのためだけに作ったこの箇条書きで小説を書いてやる。

恐らくなんにも思い入れがないこの設定が『都賀なつ』の次回作だ。

「どうだ。恥ずかしいだろ？」

「ちょっと待ってください！」と僕の心の中の久瑠美が焦りだす。

「ざまぁみろ。適当なもの残すからだ」

悔しがる久瑠美の顔を見て、僕は久しぶりに心から笑った。

「頑張ってくださいね。私はちゃんと見てますから」

急に久瑠美の声が聞こえた気がして慌てて部屋を見回す。

久瑠美が気に入っていた人形、恥ずかしい思いをして買ったドールハウス、海で作った巻き貝のピンバッジ、久瑠美のための線香立て、ご両親から譲っていただいた久瑠美の写真、二人で作り上げた『君にダリアの花束を』。

そのどこにも久瑠美の姿はなかった。

当たり前だ。久瑠美はそんなところにはいない。僕の心の中にいるのだから。

「久瑠美……ありがとう」

これからもきっと辛いことや悲しいことはあるだろう。

甘ったれた僕は恐らくその度に打ちのめされると思う。

でも前を向いて今を生きよう。久瑠美がこの世を去ってからのこの世界で、精いっぱい生きてやる。

それがせめてもの、久瑠美に対する僕の誠意と感謝と、そして愛の示し方だと思うから。

カーテンの隙間から朝日が漏れ、細い光の筋が夜明けを告げていた。

エピローグ

観覧車に乗ったときには、もはや限界だった。

『君にダリアの花束を』の見本を見せてもらった瞬間から、身体がポカポカと温かくなって意識が遠のくほどの眠気が襲っていた。

喩えるなら徹夜明けでベッドに入ったときのような安らいだ気分だ。きっとこれが成仏する前の感覚なのだろう。直感でそう悟った。あとは眠るように意識を閉じれば成仏してしまうに違いない。

遊園地に来てから眠気を振り払うためにわざと無理やりはしゃいだけれど、それほど効果がなかった。きちんと都賀さんとお別れをしたくて堪えてきたが、もう限界のようだ。私は覚悟を決めて都賀さんに伝える。

「さて、それではそろそろお別れの時間です」

笑顔の私を覚えていてもらいたい。その一心で私は無理やり表情筋を動かして笑顔になろうと必死だった。

「え？　どういうこと……なにを言ってるんだよ、久瑠美」

「恐らく私は間もなく成仏してしまうと思います。だから都賀さんとは、一旦ここでお別れです」

「そんな……嘘だろ？　だって」

記憶がなくなったのであれば『君にダリアの花束を』を完成させたら成仏するということも忘れているはずだ。そう言いたいのだろう。

でも残念ながら私の記憶は何一つとして消えていない。

基樹と優羽が付き合ったことも、草壁久瑠美としてのデビュー作が映画化されることも、両親が私の死をきっかけにぎくしゃくしてしまったことも、すべて覚えている。忘れた振りをしているだけだ。もちろん生前私と都賀さんが交際していなかったことも知っている。

「献本を受け取ったあたりからずーっと頭がぼんやりしてきているんです。ここまでなんとか耐えましたけど、もう無理みたいです」

「そんなの駄目だ！　さっき絶対にいなくならないって約束したばっかりだろ。いつまでも僕のそばにいてくれるって。あれは嘘だったのか？」

「いなくなりませんよ。私は都賀さんの中でずーっと生き続けます。都賀さんが覚えていてくれている間、私は消えたりしません」

「そんな子ども騙しの言い訳で誤魔化されないからな。あ、わかった、いつもの悪趣味な幽霊ジョークだろ？」

「ごめんなさい。私ももっと、都賀さんと一緒にいたかったのですが……」

涙で表情が歪みそうになり、慌てて笑顔を作る。でもよほどひどい顔をしていたのだろう。都賀さんは心配そうな顔で私を見詰めていた。

（こんなときでも私を気遣ってくれるなんて、相変わらず都賀さんは優しい人だ）

記憶が消えていくと嘘をつき始めたのも、そんな都賀さんの優しさを見抜いたからだ。気の毒なエピソードを言えば、この人はきっと力になってくれる。そんなズルい考えで嘘をついた。その結果、都賀さんは疑うことなく信じてくれ、私に協力してくれた。

なぜこんなにお人好《ひとよ》しなくらい騙されるのだろうと不思議だったが、その理由は都賀さんと関わっていくうちに分かった。都賀さんは他人を傷つけたくないのだ。自分がたくさん傷つき、その辛さを知っている。だから優しいのだ。

（ごめんなさい。都賀さんの優しさに甘えてばかりでしたね、私）

騙し続けるのは悪いと思い、何度か記憶をなくしていないヒントを出したつもりだった。一番はっきりと伝えたのは新作のプロットと称して縦読みメッセージで『全部覚えてます』と伝えたときだ。あんな荒唐無稽な内容ならすぐに気づいてくれると思った。でも鈍感な都賀さんはあれが本当に私の書きたい内容だと勘違いしてしまった。

ひねくれているくせに人を疑うことを知らない可愛い人だ。

「実はこうなるんじゃないかって、前から薄々感づいていたんです」

都賀さんが全然気づいてくれないのをいいことに、私は記憶がなくなった振りを続ける。もうこのまま成仏するまで気付いてくれなくたっていい。

（だって都賀さんが記憶を失っていると信じている限り、私は都賀さんの恋人なのだから……）

私の実家に行ったとき、都賀さんに好きだと聞かされたときは驚いた。そしてそれ以上に嬉しかった。都賀さんに気持ちを伝えられ、私も都賀さんを愛しているのだと素直に気付けた。

でも幽霊が恋をしてどうなる。そんな虚しさに襲われた。だから実家から帰った翌朝、死後の記憶もなくなったことにした。好きだと言ってくれたことをなかったことにし、自分の気持ちにも蓋をするつもりだった。

ところが驚いたことに都賀さんは自分が生前の彼氏だと名乗った。幽霊の私でも、出逢ってからの記憶を失っても、まだ受け止めてくれる。それがすごく嬉しかった。だから私もその嘘を信じることにした。

（自分は嘘をついているのに、私に騙されていることをちっとも疑ってないんだから。本当にお人好し過ぎますよ、都賀さん）

『君にダリアの花束を』を読んだとき素晴らしい作品だと気付いたのにつまらない作品だと嘘をついたことを謝ると、都賀さんは驚いた顔をした。

「なんでそんな嘘を？」

「だって……あの作品が未完成で成仏できないとするならば、完成したら成仏してしまうということになってしまいます。逆にいつまでも未完成なら成仏しなくて済むと考えたんです」

本当にそんな作戦が通用したのかは分からない。でもあのとき私は『君にダリアの花束を』と都賀さんを天秤にかけ、都賀さんを選んだ。

はもちろん、都賀さんと過ごした時間は、生前のどの瞬間よりも幸せだった。恋人となってからも、そのずっと前からしあわせだった。ぶつかり合いながら小説を書いたことも、都賀さんの余計なおせっかいに振り回されたことも、無計画で散々だった夏の旅行も。

私のお陰で前向きになれたと言われたときは涙が出そうなくらい胸が熱くなった。

きっと都賀さんは人類で初めて幽霊に励まされた人だろう。

「このゴンドラが頂上に達したとき、私は成仏します。観覧車のてっぺんなら天国にも少し近いでしょうから、ちょうどいいと思いますし」

「ははは……やっぱり冗談なんだな？　頂上に達したとき、都合よく成仏なんて出来るはずないだろ」

都賀さんは臆病な笑い方をして、すべてをなかったことにしようとしていた。不器用なところも、臆病なところも、嘘つきなところも、すべて都賀さんの優しさに繋がっている。この人に出逢え、愛され、そして愛することが出来てよかった。

笑顔を覚えていてもらいたくて無理やり笑っていたのに、涙で崩れてしまう。

(まぁいいや。笑顔は写真を見れば、思い出してくれるだろうから)

都賀さんは私の写真を持っている。音楽発表会で撮った最高の一枚だ。都賀さんは私に気付かれていないと思い込んでいるようだが、ちゃんと知っている。

都賀さんは偶然あの写真を見つけたと思っているのだろうけど、あれはすべて私の作戦だった。都賀さんは一度も私のことを可愛いとかきれいと言ってくれなかった。それが悔しかったから最高の一枚の写真を見せてやろうと思った。あれを見れば都賀さんだって私の可愛さを認めてくれるに違いない。そして写真を見つけたところで隠れていたピンバッジから飛び出して驚かせる。そんないたずらだった。

(嘘のスマホの隠し場所を教え、私の目論見《もくろみ》通り都賀さんは鍵を見つけ、一番上の引き出しに隠したあの写真を見つけてくれた)

直接鍵の場所を教えてもよかったけど、それだと自分があの写真を見せたかったと感づかれるのが恥ずかしかった。それに都賀さんが自分で見つけたと思った方が衝撃や感動が大きいと考えた。

色々予想外のことが起きてしまったが作戦は成功で、都賀さんは写真の私を見てきれいだと言ってくれた。しかし声をかけようとした瞬間、都賀さんは写真をポケットにしまってしまった。

（私があまりにも美しすぎて、つい手元に置いておきたくなってしまったんですね、都賀さん）

私が成仏してからも思い出してもらうために、元々あの写真は都賀さんにあげるつもりだった。

（予定では私がもったいぶってあげるつもりだったけど、結果的に都賀さんの手元にあの写真があるならばまぁいいです。毎日見えるところに飾っておいてくださいね）

既にゴンドラは八分目ほど上っていた。時計の針のように、ゆっくりと確実にゴンドラは進んでいく。かすかに聞こえるオルゴール音が刹那《せつな》に言葉をなくした私たちの代わりにゴンドラ内を埋め尽くしていた。

「久瑠美がいなくなったら、僕はどうすればいいんだよ……」

「どうしても辛くなったら、そのときは小説を書いてください」

小説を書くことが都賀さんの希望や生きる意味になってくれたら嬉しい。そして小説を書くことで私のことも、たまにでいいから思い出して欲しい。

「そんなもの、僕一人では書けない」

「私が残したプロットがあるじゃないですか。あれで書いてみてください」

冷静になってもう一度じっくりと真剣にあのプロットを見てくれたら、今度こそ私が残したメッセージに気付いてくれるはずだ。騙されていたと悔しがる都賀さんを思い浮かべて少しおかしくなる。

「『ブルーアース解放軍』とかいうあれか？　あんなもので書けないよ」

「さっきも言いましたが都賀さんはもう一人で物語を紡げるんです。もう小説を妄想だなんて言っていた頃とは違います。少なくとも私はそう信じてますから」

都賀さんは私をこれ以上傷つけないため、あり得ない世界を創って見せてくれた。人を喜ばせたいから物語を作る。それが小説を書く原動力だ。もちろんそれだけで小説が書けるわけではないけれど、技術的なことはあとからどうにでもなる。それにこの半年、私と一緒に小説を書いてきたんだからある程度書き方だって学んでくれているはずだ。

喋りながらもどんどんと意識が遠のいていく。

「じゃあ分かった。僕も連れて行ってくれ。僕も死ぬから、久瑠美と一緒に――」

「ふざけないで下さいっ！」

都賀さんの言葉で遠退《とおの》きかけた意識が一瞬で戻った。

「お願いです。都賀さんは、都賀さんの人生を生きてください」

私がいなくなった後も都賀さんの人生は続く。続かなくてはならない。

私はもう、一緒にはいられない。それがとても悔しいけれど、都賀さんには強く生きてもらいたかった。涙ながらに訴えると都賀さんは寂しそうに小さく頷いた。

覚醒したのはほんのわずかで、また頭の中がぼんやりと霞《かす》んでいく。

既に『君にダリアの花束を』に対する未練は断ち切れている。

（あとの未練は都賀さんだけ……）

都賀さんと出逢う前、自力で成仏しようとすると『君にダリアの花束を』のことが頭の中で膨らんでいって、成仏することが出来なかった。それがある日からそこに都賀さんが加わった。

具体的に言えば都賀さんと二人で私の交通事故現場に行ったときからだ。脇見運転注意の標識の汚れをTシャツで拭う姿を見て、なにしてるんだろうという気持ちと共にちょっぴり嬉しさがこみ上げた。

この人は本気で私に同情し、力になってくれようとしているんだ。そんな気持ちが伝わって胸が熱くなったのを覚えている。

そのあと私は自力で成仏しようとした。すると『君にダリアの花束を』以外にほんのわずかだけれど都賀さんの姿が浮かんだ。

夏の旅行で雨宿りしているときも、翠川さんをうちに連れて来て喧嘩したときもそうだ。成仏しようとするたびに、都賀さんの存在は大きくなっていった。

（未練なんて引きずっても、私と都賀さんが結ばれることなんて出来ないのにね）

もちろん未練に都賀さんが含まれたことは内緒にしている。そんなことを言ったって都賀さんを困らせるだけだから。

「あ、やっぱりもう一つだけお願いがあります」

最後にどうしてもしてもらいたいことがあった。観覧車の頂上で恋人としたいと子どもの頃から夢見ていたことだ。

「なに？」

「キス、して下さい」

都賀さんは照れくさそうに赤らめた顔で私を見詰める。きっと私も真っ赤な顔をしているんだろう。恥ずかしくて目を閉じると、都賀さんがゆっくりと近付いてくる気配を感じた。

キスをしたら奇跡が起きて生き返らないかな？

この期に及んでそんな馬鹿な想像が頭を過《よぎ》った。

都賀さんの息遣いが目の前まで迫り、都賀さんの唇が重なった。もちろん何の触感もなかったけれど、でもはっきりと口づけをされた感覚があった。

目を開けると都賀さんは涙を流しながら笑っていた。

「ようやくキスが出来ましたね」

これが最後のヒント。果たして都賀さんは私の記憶が何一つ消えてなかったことをいつ気付いてくれるのだろうか。

「キスくらいこれから何回でもするから。だから逝くな。ずっと僕のそばにいてくれ」

「これまでありがとうございました。都賀さん」

都賀さんとキスをして、どうやら私の未練は消えたようだ。身体全体が温かくなり、視界が眩しいくらいに白くなっていく。

「久瑠美っ！」

「さよなら、都賀さん。私も、あなたが大好きでした」

光の中でどんどん都賀さんの姿が見えなくなっていく。顔が見えなくなり、輪郭がぼんやりし、光の中に溶けていく。

もし来世というものがあるのならば、そのときは死ぬ前に都賀さんと出逢いたい。

手を繋ぐことすらできない恋人だったけど、次はきっともう少し上手に彼女になれると思うから――

本書は第一回次世代作家文芸賞「一般向けエンターテイメント小説部門」大賞受賞作『君がこの世を去ったあとの世界』を改題し、加筆修正したものです。

なお本作品はフィクションであり実在の個人・団体などとは一切関係がありません。

徳間文庫

もうこれ以上《いじょう》、君《きみ》が消《き》えてしまわないために

2022年5月15日 初刷

著者 鹿《か》ノ《の》倉《くら》いるか
発行者 小宮英行
発行所 株式会社徳間書店
東京都品川区上大崎三−一−一 〒141−8202
目黒セントラルスクエア
電話 編集〇三(五四〇三)四三四九
販売〇四九(二九三)五五二一
振替 〇〇一四〇−〇−四四三九二
印刷
製本 大日本印刷株式会社

ISBN978-4-19-894739-2 (乱丁、落丁本はお取りかえいたします)